아이 가져서 죄송합니다

아이 가져서 죄송합니다

김노향 지음

□ 워킹맘
□ 라테파파의
☑ 육아 분투기!

루아크
RUACH

들어가는 말

'회사 가는 엄마' '아이 보는 아빠'.

뭔가 어색해 보이지만 지금 우리 부부의 모습이다. 외벌이 가정의 전형에서 각자 역할만 조금 다를 뿐이다. 우리가 이렇게 살기로 결정한 건 큰 뜻이 있어서는 아니었다. 떠올리면 웃음 나는, 너무나 소중해 때때로 울컥한 두 딸을 외롭게 만들기 싫어서 둘 중 한 사람이 일을 그만두기로 했다. 그래서 큰아이가 생후 8개월이던 무렵 남편이 먼저 회사를 그만두고 아이를 돌보겠다고 선언했다.

처음에는 텔레비전에 나오는 연예인 부부처럼 쿨한 워킹맘과 라테파파가 될 줄 알았다. 하지만 각각 30년 넘는 생을 살아오면서 미처 알지 못했던 부족한 자아만 깨닫는 시간이었다. 완벽한 줄 알았던 내 성격과 능력은 가족의 일상 앞에 한낱 지푸라기보다 보잘것없었다. 어떤 고난과 역경도 이겨낼 수 있을 것 같던 강인한 내가 툭하면 화내고 좌절했다. 한국 사회가 이토록 아이 키우기 힘든 사회인지 왜 몰랐을까. 떼쓰는 아이를 참지 못하는 동네 어른, 어린이집 셔틀버스가 빨리 움직이지 않는다며 뒤에서 경적을 울려대는 운전자, 시끄럽고 산만한 아이가 어서 나가주기를 바라는 카페나 식당 안 손님들, 직장맘에 대한 배려를 기대할 수 없는 회사 문화…. 사회의 보이지 않는 아이 혐오, 아이 낳아 키우는 게 때로는 죄송한 일이 될 수밖에 없게 만드는 여러 제도와 분위기 속에서 나는 희망을 가졌다가 실망하기를 반복했다. 그토록 '아이 권하는 사회'에서 많은 부모가 오늘도 사투를 벌인다.

많은 경험을 하면서 이제는 어른이 되었다고 생각했는데 배움은 생이 다하는 날까지 계속된다는 걸 새삼 깨닫는다. 서로의 부족함을 채워가는 게 진짜 어른이 되는 과정일 것이다. 그래서 부모는 자기가 겪어낸 시행착오를 반면교사 삼아 아이가 자라는 과정에서 겪는 좌절과 성취를 때로는 보듬고 온전히 지지해줄 수 있어야 한다. 그것이 부모의 역할이자 책임일 테니까. 그렇지만 대한민국을 살아가는 부모들은 종종 중요한 걸 놓친다. 전적으로 그들만의 책임은 아니다. 시간은 생각보다 빨리 흐르고, 그 사이 우리에게는 과정이 아닌 결과만 남는다는 걸 기억하자.

결과가 다소 아쉽더라도 과정을 기록으로 남기면 좋겠다고 생각했다. 그래서 지난 6년간 두 딸을 키우며 느낀 감정과 아이들의 성장 과정 그리고 여러 고민을 틈날 때마다 글로 남겼다. 출근길 콩나물시루 같은 지하철에 서서 스마트폰을 들고 인터넷 공간에 글을 썼다. 서로 얼굴도 모르는 사이지만 같은 처지에 놓인 이들끼리 댓글로 공감하며 위로를 받았다. 글을 쓴 것은 회사일 때문에 아이들과 함께 보낼 수 없었던 시간의 공백에 대한 보상이기도 했다. 훗날 아이들이 자라 내가 쓴 글을 읽고 이해하는 날이 오면 고단했던 마음의 짐을 조금은 내려놓을 수 있을 것 같다.

아이와 부모에게는 매정한 세상이지만 그래도 점점 나아지고 있다고 믿는다. 아이 혐오사회의 차별과 선입견에 상처받은 일도 많지만, 따뜻했던 기억도 적지 않다. 30년 뒤 아이들이 살아갈 미래는 분명 더 좋은 세상일 것이다. 부족하고 준비되지 않은 부모라도 매순간 최선을 다하고 노력했다는 증거로 이 글이 전해지면 좋겠다. 대한민국 사회에서 육아로 분투하는 많은 부모가 이 책을 통해 힘을 얻었으면, 아이 낳은 삶을 후회하지 않고 스스로를 대견하게 여겼으면 한다.

김노향

차례

2장

아이 가져서 죄송합니다

3장

넘어진 아이를 일으키는 법

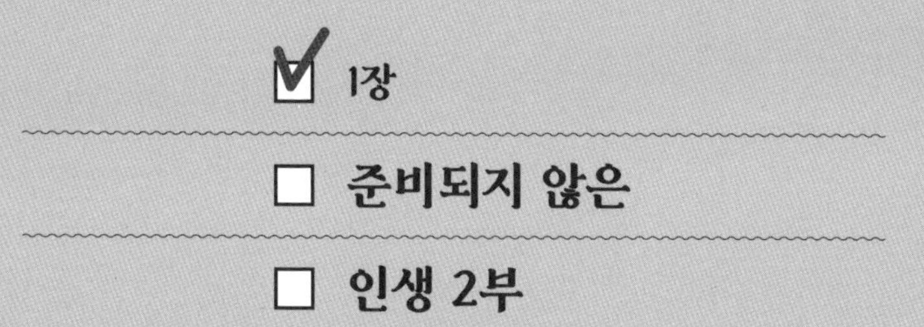

1장

준비되지 않은 인생 2부

좋은 부모가 될 수 있을까?

두 줄.

긴장하며 지켜보던 테스트기가 두 줄로 바뀌었다.

'내 인생 계획에 결혼이나 출산은 없었는데.'

'내가 미혼모가 될지도 모른다니.'

주변 동료나 친구들은 하나둘 결혼해 대부분 아이를 가졌거나 키우던 때다. 그렇지만 나는 한 번도 아이 낳는 삶을 생각해 본 적이 없다. 당시 남자친구이던 남편에게 임신 사실을 알려야 하는데 솔직히 두려웠다.

일 년여 전 소개팅으로 만난 우리는 그때까지 결혼 얘기를 꺼내지 않았다. 누가 먼저랄 것 없이 '비혼주의'에 무언의 합의를 했다. 결혼이 싫은 건 아닌데 준비된 게 너무 없었다. 두 사람이 하나의 미래를 설계하는 데는 부족함이 많다고 생각했다.

배려나 희생이라고는 모르고 살았다. 눈앞의 즐거움만 알았지 인내와는 거리가 멀었다. 각자 자유롭게 사는 방식이 서로를 편하게 만들어 오랜 관계를 유지할 수 있었다. 만약 아기를 갖기 전 둘 중 어느 한 사람이 결혼을 원했다면 우리는 헤어졌을지도.

우리가 안은 가장 큰 문제는 돈이었다. 결혼 6년차인 지금도 제대로 저축해본 경험이 없을 만큼 대책 없는 두 사람이 어떻게 한 생명을 책임진단 말인가. 직장생활 내내 모은 돈이 한 푼도 없었다. 내일 당장 망해도 오늘만 재밌게 살면 된다는 비슷한 생각을 가진 우리. 함께하는 것은 즐겁지만 정말 우리가 아이를 낳아 키우는 게 가능할지 자신이 없었다. 상대의 문제를 서로의 인생으로 끌어들이는 것조차 부담이라고 느껴서 임신 사실을 알리는 게 맞는지 확신이 들지 않았다.

"아기는 당연히 같이 키워야지! 놀라긴 했지만 기쁘네. 부족하지만 열심히 살아보자."

그의 반응은 의외로 긍정적이어서 마음이 놓였다. 긴장이 풀리면서 왈칵 눈물이 났다. 나보다 더 당황스럽고 혼란스러웠을 그다.

'그래, 인생이 언제 한번 계획대로 흘러간 적 있나.'

독립적으로만 살던 내가 새로운 생을 책임져야 하는 상황이 닥치자 한편으론 막막했지만 더 의미 있는 삶으로 발을 들여놓는 기분이었다. 가슴이 뛰었다. 부모가 되는 건 지금까지와는 완전히 다른 도전이 될 테니까.

임신 확진을 받으려고 가까운 산부인과를 찾았다. 가는 동안 공중화장실에서 두 번이나 속에 있는 것을 쏟아냈다. 입덧이 아니라 전날 마신 술 때문이다.

'아기가 괜찮을까?'

살면서 가져보지 못한 책임감이 무거웠다. 의사는 다행히 알코올이 태아에게 영향을 주는 시기는 아니라고 했다. 그 말을 듣고도 왠지 미안했다. 배 안의 콩알보다 작을, 아직은 우리 아기가 될지 많은 것이 불확실한 생명체에게.

앞으로의 삶은 어떻게 흘러갈까. 지난 수년간 고민하던 사표를 던지고 제2의 직업을 찾겠다고 휴식기를 가진 지 일주일 만이다. 모아둔 돈도 없고 월급도 없는데 이제는 아이까지 생겼다. 임신한 상태로는 재취업이 불가능했으므로 서둘러 결혼 준비에 들어갔다. 부모님께는 차마 임신 사실을 알리지 못했다.

두 사람의 전 재산이라고는 내 퇴직금 1000만 원이 전부. 결혼 준비 3개월 만에 우리는 작은 결혼식을 올렸고 시부모님 댁에 들어가 새로운 삶을 시작했다.

매일 점심과 저녁, 약속으로 빽빽하던 일정은 온데간데없이 사라졌다. 평일에는 12시 넘도록 늦잠을 자기도 했다. 식구들이 다 출근하면 텅 빈 주방을 나와 밥을 했다. 그 뒤엔 걸어서 동네 마트를 갔고, 집 앞 카페에 들러 노트북을 켜고 글을 썼다. 그렇게 지겹던 글쓰기가 그리웠다.

집으로 돌아가는 발걸음은 무거웠다. 오후 내내 세탁기를 돌리고 청소하고 빨래를 널고 개고 저녁을 준비하면 느린 하루가 어느새 다 지나갔다. 9개월 동안 멈추지 않았던 입덧 탓에 만삭이 되었을 때는 오히려 몸무게가 줄어들었다. 힘든 하루 일과를 마치고 침대에 쓰러지면 괜히 눈물이 흐르곤 했다. 남편도 시부모님도 나를 많이 배려했지만 설명할 수 없는 설움이 북받쳐 올랐다.

갑자기 많은 게 바뀌어버린 일상 때문이었을 것이다. 결혼해서 아이를 낳겠다고 결심한 것마저 후회스러웠다. 독립생활 10년 내내 집에서 밥을 먹어본 적이 없던 내가 끼니마다 쌀을 씻고 메뉴를 고민한다는 게 마감에 쫓기면서 기사를 쓰는 것보다 힘들었다.

지금 와서 생각해보면 시어머니는 나보다 더 힘들었을 것이다. 어느 날 저녁 시어머니는 나와 남편을 불러놓고는 "함께 사는 것이 불편하니 나가달라"고 했다. 그 말을 듣고 바로 다음 날 아침 눈을 뜨자마자 부동산에 가서 집을 계약했다.

자식은 독립해서 새 가정을 꾸려도 평생 부모를 불안하게 하는 존재라고 한다. 철없고 무모한 부모가 될 우리를 지켜보던 부모님 마음은 어땠을까. 출산을 두 달 앞두고 이사를 끝내자 준비할 새도 없이 예정일이 닥쳐왔다.

우리 가족의 특별한 수중분만

마치 엊그제 같기만 하다. 하루 종일 누워서 팔다리만 꼬물대던 아이가 걷고 말하고 감정 표현도 거침없이 하는 모습을 보며 깜짝깜짝 놀란다. 모든 것이 서툴고 준비조차 되어 있지 않던 우리에게 던져진 아기. 출산 하루 전날 새벽 인터넷으로 수많은 후기를 검색해서 읽고 또 읽어도 좀처럼 잠들지 못했다. 마음의 준비를 다 했다고 생각했는데도 막상 분만을 앞두고는 두려움을 견딜 수 없었다.

우리는 수중분만을 하기로 했다. 출산 예정일을 일주일 앞두고 태아의 체중이 3.1킬로그램을 기록했다. 평균 몸무게였지만 의사는 유도분만을 권유했다. 초산이자 노산으로 자연분만을 하기에는 아기가 너무 크다는 이유였다.

친구들 조언도 그랬고 인터넷을 검색해봐도 유도분만에 대해 좋은 말을 찾아보기가 힘들었다. 가장 무서운 건 만약 유도분만에 실패했을 경우 수술을 통해서만 아기를 꺼낼 수가 있다는 얘기. 하지만 남편과 의사의 설득, 내심 출산의 두려움에서 하루라도 빨리 벗어나고 싶은 마음에 예정일을 3일 남겨놓고 유도분만을 결정했다.

입원 첫날은 촉진제를 맞아도 아무런 반응이 없었다. 배가 약간 아팠지만 진통이라고 하기에는 아주 미세한 통증이었다. 떨리는 밤을 보내고 다음 날 아침이 되자 담당 의사는 오늘 안에 아기가 꼭 나와야 한다고 말했다. 빠르면 점심시간 전에 낳을 거라고 말하며 용기를 주었다. 그때까지만 해도 아이를 낳는 것은 여자라면 누구나 하는 일이니 겁먹을 필요 없다고 마음을 다독였다. 그렇게 고통이 클 것이라고는 상상조차 못했다. 아침 7시에 촉진제를 맞고 8시간 이상 진통을 느꼈다. 약한 진통이었지만 전날보다는 훨씬 아파서 10분 간격으로 나도 모르게 비명을 질렀다. 분만실에 누워 있으면 다른 산모들의 비명소리 때문에 방 안은 더욱 공포스러워진다.

오후 3시 간호사는 자궁이 5센티미터 열렸다고 했다. 본격적인 진통이 시작될 거라는 말에 덜컥 겁이 났다. 진통 주기가 빨라지면서 가장 견디기 힘든 건 내진이었다. 내진이라는 말을 그때 처음 알았다. 간호사 손이 자궁 안을 휘저을 때는 나도 모르게 발길질을 할 뻔했다. 어느 순간부터는 허리를 곧게 펼 수 없어서 똑바로 눕지 못했다. 옆으로 누워야 태동 검사가 가능한데 이를 악물어도 몸이 펴지지 않았다. 태동 검사는 태아의 상태를 확인하고 위험한 경우 응급수술을 진행하기 위한 조치다. 나는 결국 이성을 잃고 태동 검사를 거부했다. 그렇게 두 시간이 흘렀고 자궁이 1센티미터 더 열린 후에야 수중분만을 위해 입수할 수 있었다.

의사는 "아기 머리가 보여야 수중분만을 시작할 수 있는데 이미 시간을 너무 지체해 방법이 없다"고 말했다. 양수가 터지지 않아서 간호사가 인위적으로 터뜨렸고, 엄청난 양의 뜨거운 물이 흘러나왔다. 만삭이던 배가 푹 꺼져버렸다. 물속에서의 두 시간은 기억하기도 싫을 만큼 끔찍한 고통이었다. 수중분만을 하게 되면 무통주사를 맞을 수 없다는 사실도 입수 직전에야 알았다. 물속에서 잠들었다 깼다를 수없이 반복했다. 거의 제정신이 아닌 상태로 출산이 진행됐다.

수중분만이 3시간 이상 지속되면 아기와 산모 둘 다 위험해질 수 있다. 결국 우리는 수중분만을 포기해야 했다. 의사는 분만대 위로 올라가자고 했고 나는 모든 것을 자포자기하는 심정이 되었다. 그렇게 분만대에 오르자마자 아기가 머리를 쑥 내밀었다. 신기하게도 느낌이 왔다.

'아기가 나오는구나.'

기적 같은 기분이 드는 동시에 온몸이 찢기는 고통이 느껴졌다. 아기 머리가 나오면 다 끝인 줄 알았는데 힘이 다 빠진 상태라 어깨가 나오지 못했다. 두려움으로 떠는 사이 의사는 아기의 어깨를 잡아당겼고, 마침내 분만이 끝났다. 남편 얼굴이 보였다.

먼저 출산한 친구들은 "아기가 태어나면 그때부터 헬이야, 배 안에 있을 때가 제일 편한 거야"라고 말했다. 그렇지만 출산 직후 가장 먼저 느낀 감정은 하늘을 날 것 같은 기분이었다. 몸 구석구석이 아픈데도 '살았다'는 안도의 마음이 들어서다.

2년 후인 2017년 9월 1일 오후 12시 20분. 우리는 다시 한 번 수중분만에 도전했다. 그리고 마침내 성공했다. 분만 이틀날까지 얼떨떨하고 고통이 가시지 않았지만 전날의 감동은 잔잔히 남아 가슴을 울렸다.

의사는 경산부의 수중분만 성공률이 높다는 이유로 한 번 더 도전을 권했다. 일생의 마지막 출산이 될 것이기에 우리 세 식구에게 특별한 추억을 만들자는 마음에서 다시 결심했다. 하나 마음에 걸린 건 첫째 율이가 정서적으로 충격을 받을 수도 있다는 우려였다. 율이는 막 22개월에 접어든 아기였다. 출산 과정이나 동생의 존재를 이해할 나이는 아니었다. 그럼에도 아이에 대한 믿음과 내 선택이 잘못되지 않을 것이라는 자신감으로 가족 수중분만을 결정했다. 의사는 아이에 따라 받아들이는 감정의 상태가 다르지만 율이의 경우는 문제가 없을 거라고 안심시켰다.

이번에는 촉진제를 맞은 지 두 시간 반 만에 자궁이 열려 바로 입수했다. 물속에서 한 시간 반의 진통 끝에 둘째가 세상에 나왔다. 출산 자체는 다시 하고 싶지 않은 경험이지만 수중분만의 기억은 때때로 떠올려도 뭉클하다. 포기해버리고 싶던 순간 기적적으로 나와준 아기와 긴 고통의 시간을 함께 견딘 남편, 동생의 탄생을 신비로운 표정으로 바라보던 율이. 인생 전체를 통틀어 이보다 감동적인 장면이 또 있을까. 엄마와 아빠 그리고 언니가 함께 낳은 둘째 솔아, 우리 가족에게 온 걸 환영한다.

출산 한 달 반 만의 면접

산후조리원에 들어가거나 도우미의 도움 없이 출산 사흘 만에 퇴원해 집으로 왔다. 첫째를 낳았을 때는 준비한 것이 중고 아기침대와 기저귀, 분유, 젖병, 아기 옷 서너 개가 다였다. 그마저 주변 사람들이 챙겨주지 않았다면 빈손으로 갓난아기를 맞이했을 것이다. 친구에게 선물받은 육아서적이 책장 가득 쌓여 있었지만 볼 시간이 없었다. 기저귀를 어떻게 갈아야 하는지 몰라 우왕좌왕하다가 우는 아이를 앞에 두고 부부싸움을 한 적도 있다. 인터넷을 조금만 검색해도 알 수 있는 정보조차 그때는 몰랐다. 무슨 일이 생기면 무작정 응급실에 전화를 걸거나 달려갔다. 아기가 자지러지게 울기만 해도 겁이 났다. 이렇게 부족한 부모인데도 의사는 "아주 잘 키우고 있어요"라고 격려해주었다.

출산 후 가장 큰 문제는 경제적 자립이었다. 평생 돈을 아껴본 적 없고 월급보다 카드값이 많이 나오는 걸 당연하게 생각하던 내가 남편 월급으로만 살아야 했으니 우울증이 찾아올 만도 했다. 스타벅스 커피 하나 마음 놓고 사 마시지 못했다.

한번은 평일 낮 도심 업무지구의 카페를 찾았다. 깨끗한 블라우스와 하이힐을 신은 여자들 사이에서 아기띠를 멘 내 모습이 부끄러웠다.

'몇 달 전만 해도 저 틈에 내가 있었는데.'

아무도 나를 의식하지 않았는데 찔끔 눈물이 났다.

'왜 이런 데 아기를 데리고 오지?'

사람들 눈빛이 이렇게 말하는 것 같았다.

'나도 다시 일하고 싶다.'

불쑥불쑥 드는 생각을 막을 방법이 없었다.

'다시 일할 수 있을까.'

'언제 무슨 일을 할 수 있을까.'

생각에 생각이 꼬리를 물었다. 태어난 지 한 달 된 아기는 밤

낯없이 울었고 경력은 단절된 채 일 년 가까이 흘렀다. 기자를 그만두면 새로 도전해보고 싶은 일이 많았는데 지금으로선 가능한 것이 없었다. 학부 전공을 살려 중국 무역회사에 다녀보고 싶었지만 대학 동기에게 물어보니 여자 신입은 30세 이하로만 뽑는다는 말에 생각을 접었다. 스타트업에서 일해볼까 했지만 야근과 주말 근무 때문에 포기하고 말았다. 어린 아기를 누구에게 맡기고 야근과 주말 근무를 한단 말인가.

인생에는 여러 갈래의 길이 있지만, 아이가 태어나는 순간 많은 선택지가 사라진다. 물론 아이를 낳기 전과 똑같이 활발하게 사회생활을 하는 여성도 많다는 걸 안다. 하지만 내게 해당되는 건 하나도 없었다.

결국 선택할 수 있는 건 가장 쉽고 빠른 길, 내가 할 수 있는 일을 다시 하는 것이었다. 마음의 결정을 내리고 나니 상황이 빠르게 전개됐다. 친한 선배에게 경력기자 추천을 부탁해 총 세 군데에 면접을 봤고 그중 한 곳에서 합격 통지를 받았다.

"다음 주부터 출근해주세요."

이런 벼락치기 인생이 또 있을까.

동네 인터넷 맘카페에 베이비시터 구하는 글을 올리고 이틀 만에 사람을 뽑았다. 합격해도 걱정, 떨어져도 걱정이라며 마음을 비웠는데 이렇게 빨리 다시 일하게 될 줄은 생각지도 못했다. 연락을 받고는 마음이 복잡했다. 출근 전날 밤 샤워를 하며 남편 몰래 울었다. 한 달 반짜리 아기를 안고 면접을 보러 갈 때만 해도 다시 일할 수 있을지 모른다는 기대에 가슴이 뛰었는데 막상 그날이 다가오니 마음이 흔들려 애써 붙잡아야 했다.

"엄마가 어떻게 자식을 떼어놓고 일하러 가느냐"는 주변 사람들의 말이 가슴을 후벼 팠다. 복직 첫 주에 만난 오래 알고 지낸 취재원에게는 "요즘 엄마들은 진짜 중요한 것을 모른다"는 소리를 듣기도 했다.

그래도 일할 수 있다는 것이 즐거웠다. 그전과는 비교할 수 없을 만큼 열정이 넘쳤다. 작은 생명의 삶을 이끌어야 한다는 책임감도 무겁게 다가왔다.

출근길 발걸음은 가벼웠다. 10년 동안 출근길이 즐거웠던 기억은 수습 시절 잠깐뿐이었는데 사람이 빽빽한 1호선에 몸을 싣는 것이 살아 움직이는 기분이었다. 퇴근길 지하철 시간을 놓치면 베이비시터의 퇴근 시간을 맞추지 못하기에 구두를 신고 100미터 달리기를 해도 전혀 힘들지 않았다. 달리면 달릴수록 몸이 날아오르는 것 같았다.

퇴근 뒤 아이에게 분유를 먹이고, 기저귀를 여러 번 갈고, 해도 해도 끝이 없는 집안일을 다 마치고 나면 어떻게 쓰러져 잠들었는지 기억이 없었다. 일하는 동안 문득문득 아기 얼굴이 생각났지만 슬프진 않았다. 첫째는 어차피 내가 엄마인지 베이비시터가 엄마인지 구분도 못했다. 퇴근 뒤에 베이비시터의 손에서 인계받을 때는 내게 오지 않으려고 우는 아이가 서운하지 않고 오히려 고마웠다.

워킹맘·홈대디가 된 이유

"더 좋은 일자리를 구하게 됐어요. 미안해요."

부지런히 새 회사에 적응해가던 중 다시 고비가 온 건 첫째가 태어난 지 8개월이 되었을 때다. 베이비시터의 갑작스러운 통보로 발등에 불이 떨어졌다. 급히 정부가 운영하는 아이돌봄 서비스와 민간 베이비시터, 동네 커뮤니티의 문을 두드려봤지만 다 실패했다. 양가 부모님은 직장과 건강 문제로 아이를 돌봐줄 형편이 되지 않았다. 봐주신다고 해도 거절했을 것이다. 육아는 온전히 부모의 몫이라고 생각했으니까.

입사한 지 6개월도 되지 않았기에 법적 육아휴직 자격이 없었다. 남편은 회사에 육아휴직을 문의했다가 단번에 거절당했다. 둘 중 한 사람은 일을 포기해야 했다. 누가 일을 그만둬야 하는지 결정해야 했지만 한동안 남편과 대화를 피했다. 각자 다른 이유로 한숨만 쉴 뿐이었다. 남편은 오래전부터 아이를 낳으면 야근과 주말 근무가 없는 회사로 이직하고 싶다고 했다. 그리고 나는 남편보다 많은 연봉을 받고 있었다. 누가 일을 그만둬야 하는지는 정해진 답이었다.

"우리 둘 중 한 명이 일을 그만둬야 한다면 내가 그만두는 게 맞는 것 같아."

2016년 6월 어느 저녁, 퇴근길 집 앞에서 우는 아이를 안고 달래던 남편이 말했다. 이날의 선택은 지금 와서 보면 우리 삶을 너무 많이 바꿔놓았다. 남편이 일을 그만두고 육아를 맡겠다고 했을 때 불안한 마음도 들었다. 하지만 한편으로는 고마웠다. 앞으로 펼쳐질 삶이 두려웠지만 설렜다. 남편의 복직이나 재기가 힘들지 모른다는 걱정보다 아빠 육아가 평등한 부부관계나 아이의 정서발달에 좋은 영향을 줄 것 같았기 때문이다. 인생에서 가장 중요한 건 돈이 아니라는 가치관은 우리 두 사람이 가진 비슷한 부분이다. 그렇게 우리는 새로운 삶에 대한 준비를 해나갔다.

남편은 그 후 일 년 동안 전업주부가 되었다가 지금은 다시 파트타임으로 일하며 우리 집의 양육을 책임지고 있다. 나는 잠든 아이들의 얼굴도 보지 못한 채 출퇴근하는 날이 많지만 남편은 오전 10시에 출근하고 오후 4시 퇴근해 나머지 시간을 육아와 집안일에 쏟는다. 어린이집 등하원과 청소, 빨래, 저녁 준비, 설거지, 고양이 밥 주기, 화장실 청소까지…. 오로지 남편만의 시간은 이 모든 일과가 끝나야 시작된다. 남편은 퇴근 후에 가장 먼저 어린이집에서 돌아온 아이들과 놀이터로 향한다. 혼자서 아이들에게 저녁을 먹이고 아플 때는 병원에도 데려간다. 어린이집 학부모 행사에 참여하는 것도 남편 몫이다. 그러다 보니 아침에 눈을 떴을 때 두 아이가 가장 먼저 찾는 사람은 엄마가 아닌 아빠다. 아이들은 엄마가 없어도 울거나 보채지 않지만 아빠가 없으면 울며 보챈다. 배고프거나 심심할 때, 기분이 좋지 않을 때에도 "아빠!" 하고 찾는다.

에너지는 충전하지 않으면 소모되는 법. 살면서 화내는 모습을 볼 수 없을 거라고 생각했던 남편은 점점 예민해졌다.

"도와달라고 하기 전에 알아서 하라고 했지!"

아이를 키우는 많은 부모가 집안일 분담이나 서로 다른 육아관 때문에 다툰다. 우리도 마찬가지다. 문제는 싸우면서도 해결점을 찾지 못해 싸우는 빈도와 정도가 점점 심해졌다는 점이다. 한번 싸우면 동네가 떠들썩했다.

육아와 집안일의 무게는 어느 한 사람에게 더 기울어질 수밖에 없다. 완벽하게 50대 50으로 나누는 건 불가능한데도 자꾸 화를 내는 남편에게 서운한 마음이 들었다. 둘이 합쳐 30킬로그램이 넘는 두 딸이 남편에게만 매달려 "밥 줘!" "공놀이 해줘!" "동화책 읽어줘!" 하는 모습을 보면 미안한 마음이 드는 것도 사실이다. 저 자리에 내가 있었다면 아마 나는 버티지 못했을 것이다.

남편이 일반 회사원과 같은 시간을 일했다면 우리는 베이비시터나 조부모의 도움이 필요했을지도 모른다. 지금보다 금전적으로는 여유가 있었겠지만 부모 두 사람이 아이를 직접 돌보는 시간은 하루 서너 시간이 다였을 것이다. 내가 아는 모든 맞벌이 부모는 자기 일을 지키기 위해 다른 누군가의 희생이나 많은 비용을 감수한다. 주말에만 아이 얼굴을 보는 집도 적지 않다.

어떤 선택을 해도 최선은 아니다. 둘 중 한 사람이 일을 그만두면 아이는 부모의 부재를 느끼지 않아도 되지만 누군가는 그동안 쌓아온 경력을 내려놓아야 한다. 좋은 베이비시터나 조부모가 어쩌면 경험 적은 부모보다 아이를 정성스럽게 돌봐줄지도 모른다. 그렇지만 아이가 느끼는 엄마와 아빠의 빈자리까지 채우지는 못할 것이다.

살면서 '그때 다른 선택을 했다면 어땠을까'라는 생각을 자주 한다. 우리가 소개팅에서 만나 다음 만남을 약속하지 않았다면, 아이를 낳지 않았다면, 다시 일을 시작하지 않았다면…. 수많은 선택의 기로마다 운명 같은 결정이 있었고 그 결정이 지금 우리의 모습을 이룬다. 각자 세상이라는 톱니바퀴를 쉴 틈 없이 돌지만 그 안에서 순간순간 느끼는 행복은 아무리 작다 해도 소중하다. 훗날 기회가 다시 와도 나는 지금과 같은 선택을 할 것 같다.

여보, 육아가 군대보다 힘들어

한 달에 한두 번 돌아오는 주말 재택근무 날인데 아이들이 평소보다 더 일찍 일어나서 떼를 썼다. 컨디션이 좋은 날은 아무리 심한 장난도 귀엽고 사랑스럽게만 느껴지는데 오늘처럼 힘든 날은 '어디 한번 건드리기만 해봐. 폭발해줄 테니'라며 작정한 사람이 된다.

첫째는 일하는 노트북 키보드를 두들기고 둘째는 씹던 만두를 자꾸만 내 무릎 위에 뱉어놓았다. "엄마, 놀자!"를 50번 정도 말한 둘째에게 버럭 소리를 지르고 말았다.

"지금 일하니까 말 걸지 말라고 했지!"

몇 분 뒤에 두 번째로 소리를 질렀을 땐 결국 남편과 싸움이 시작됐다. 우리가 다투면서 가장 많이 하는 말은 "한번 입장 바꿔 생각해봐"다. 입장 바꿔 생각하는 건 부부 사이만이 아니라 세상 모든 인간관계나 갈등관계에서 필요한 일이다. 문제는 실천이 어렵다는 것.

이 글을 쓰는 지금은 집을 나와 동네 카페에 앉은 뒤다. 부부싸움을 여러 번 반복하다 보면 서로 간에 절대 해선 안 되는 규칙이 생긴다. 그중 하나가 화가 나서 집을 뛰쳐나오는 행동이다. 집에 남은 사람이 느끼는 분노와 배신감은 직접 당해봐야 알 수 있다. 서운한 감정을 느낄 새도 없이 밀려드는 아이들의 요구와 쌓인 집안일…. 한번은 남편이 싸우다가 집을 나가버렸는데 순간 나도 이성을 잃었다. 사실 남편은 현관문 밖에 서 있었다. 무슨 정신이었는지 나는 첫째를 집에 혼자 두고 나와버렸다. 공포에 질려 우는 아이가 눈에 밟히는데도 그깟 자존심이 더 중요했던 것이다.

다행히 남편이 밖에서 기다리다가 내가 나가는 것을 확인하고는 집으로 들어갔다. 그때 내 행동은 어떤 이유를 갖다 대도 합리화할 수 없을 만큼 어리석었다. 몇 년이 지나도 그때 생각만 하면 자책감이 들어 괴롭다. 회사 후배에게 위로받고 싶어서 얘기하다가 목놓아 울기도 했다. 문득 아이가 두려움에 떨던 잔상이 떠오르면 지난 시간을 어떻게든 지워버리고 싶은 심정이다. 그 일 이후 아무리 화가 나도 다시 집을 나가는 행동만은 절대 하지 않겠다고 다짐했는데 지금도 나는 변하지 않았다. 집에 남은 남편과 아이들을 생각하니 또 한숨이 난다.

결혼 전 연애 시절에도 우리는 자주 다투고 화해하기를 반복했다. 그러면서 종종 생각한다.

'왜 우리는 이렇게 싸워야만 직성이 풀릴까.'

'서로를 향한 믿음과 아이들에 대한 책임감이 커졌음에도 왜 싸움은 줄어들지 않는 걸까.'

'아이보다 자존심이 중요해서 같은 행동을 반복하는 우리는 정말 어른이 맞는 걸까.'

대개의 싸움은 어느 한 명이 늦게 들어와서 벌어졌다. 첫째를 낳고 한 달 정도 지났을 무렵 남편이 친구들과 술을 마시다가 새벽 4시에 들어온 적이 있다. 아이는 지칠 줄 모르고 울어대고 집안일은 쌓여 있는데 하루 종일 먹은 것이라곤 물 한 모금이 전부였다. 시곗바늘을 보다가 여행 가방을 쌌다. 허둥지둥 들어오는 남편에게 휴대전화를 집어던지고는 현관문을 박차고 집을 나왔다. 한겨울 새벽 영하의 날씨에 한 달 된 첫째를 안고 동네를 헤매던 남편이 편의점에서 컵라면을 먹던 나를 발견했을 때 거짓말같이 화가 풀렸다. 부부싸움은 이렇게 별것 아닌 데서 순식간에 풀리기도 한다.

남편이 회사를 그만둔 뒤에는 반대 상황이 됐다. 한번은 내가 회식 때문에 자정을 넘겨 들어왔다. 출퇴근만 세 시간 거리인데 회식 자리에서 일어난 시각은 10시를 조금 넘긴 때였다. 그래서 남편이 화가 나 있을 거라고는 생각지도 못했다. 남편이 화가 난 건 시간이 늦어서가 아니라 일부러 전화를 받지 않은 내 행동 때문이었다. 나는 남편에게 늦는 이유를 변명하는 게 싫어서 빨리 집으로 가야겠다고만 생각했다. 싸움은 이런 생각의 차이에서 벌어진다.

먼저 화를 내는 쪽은 거의 아이를 돌보는 주 양육자다. 갓난 아기와 단둘이 집에 남아 시간을 보내다 보면 상대의 귀가만 기다리게 된다. 그 시간이 때로는 수십 시간처럼 길게 느껴진다. 그러다 보면 신경이 날카로워져 상대방이 눈치를 보게 만든다. 육아를 직접 해보지 않은 사람은 이해할 수 없는 감정이다.

"아이 우는 거 신경 쓰지 말고 밥 먹으면 되잖아."

"집안일은 내가 퇴근하고 할 테니까 내버려둬."

미안해서 한 말이 때로는 더 공감받지 못한다는 패배감을 느끼게 한다. 차라리 하지 않는 게 낫다.

아이를 돌보며 집안일을 하는 사람에게는 혼자만의 시간이 반드시 필요하다. 배고픔을 견디지 못해서도 아니고 집안일이 힘들어서도 아니다. 식사다운 식사를 하고 인간다움을 유지할 수 있는 최소한의 여유가 필요하다는 의미다.

그렇다고 출근하는 사람은 덜 힘든가. 그것도 아니다. 온종일 스트레스에 시달리다가 편히 쉴 수 있는 안식처로 돌아왔는데 더 힘든 육아와 집안일이 기다리고 있다고 생각해보라. 일하는 내내 보고 싶던 아이들이 기다리는 집으로 가는 발걸음이 늘 가벼운 건 아니다. 오죽하면 회사에서 퇴근해 집으로 출근한다는 말이 있을까.

"둘 다 해보니 뭐가 더 힘들어?"

남편은 운동을 좋아해서 체력이 좋은 편인데도 "군대에 다시 온 것 같아. 아니, 군대보다 더 힘들어"라고 말한다. 맞다. 나 역시 살면서 여러 경험을 하고 좌절도 해봤지만 가장 힘든 일을 꼽으라면 단연 육아라 말할 것이다. 끝이 보이지 않을 것 같은 육아라는 긴 터널을 지나는 동안 나를 지탱해준 힘은 어디에서 왔을까 생각해본다. 그 힘은 모성애나 아이들이 주는 행복에서 온 게 아닌 것 같다. 남편이 옆에 없었다면 아무것도 해낼 수 없었을 것이다. 그는 이제 나와 팀플레이를 한다. 나의 출산·육아 인생이 혼자가 아니라 언제나 그와 함께라는 든든한 사실, 바로 그게 육아라는 힘든 터널을 무사히 건널 수 있게 해준다.

정답이 없는 집안일 분담

집안일 분담은 세상 모든 부부의 최대 난관일 것이다. 맞벌이, 외벌이를 떠나 결혼생활의 가장 중요한 문제다. 집안일 분담은 평등한 부부관계를 만든다. 아무리 전업주부라 해도 혼자서 아이를 먹이고, 씻기고, 또 집안을 청소하고 있는데 배우자가 누워서 스마트폰만 들여다보고 있다면 발로 걷어차고 싶은 충동이 들 것이다. 맞벌이일 경우 누군가의 일이라고 정해놓지 않으면 빨래나 설거지는 산더미같이 쌓인다. 집 안이 순식간에 쓰레기장이 된다. 우리는 서로의 역할도 정해보고 담당요일도 나눠봤다. '설거지는 나, 빨래는 너' '월수금은 내가 청소, 화목토는 네가 청소' 이런 식이다. 하지만 집안일 분담으로 인한 갈등을 완벽히 해결해주지 못했다. 둘 다 정답은 아니었다. 합리적으로 보여도 정작 야근이나 회식 때문에 도저히 감당할 수 없는 상황이 닥치면 다시 분쟁의 불씨가 살아났다. '내 몫'이 아니라는 이유로 책임 회피의 소지가 생기는 것이다.

몸이 너무 고단해서 손가락 하나 까딱하기 힘든 날에 내 차례, 네 차례를 따지다 보면 남보다 못하게 느껴지기까지 한다. 반대로 자기 차례가 아닌데도 설거지 한번 대신 해주는 남편에게 느끼는 고마움은 말로 표현할 수가 없었다. 부부라면 내 일, 네 일 따지는 게 무슨 의미가 있을까. 설거지 한 번 대신 해줄 수도 있는 것을. 그때그때 상황에 따라 할 수 있는 사람이 최선을 다하고 당장 눈앞에 보이는 실천 가능한 작은 일을 하는 것이 보다 정답에 가까운 방법 아닐까.

직장맘은 아무리 노력해도 어쩔 수 없이 많은 것을 포기해야 하는 순간이 온다. 아이에게 직접 만든 음식을 먹이는 것, 늘 반짝반짝 빛나는 거실을 유지하는 것, 화장한 얼굴과 단정한 머리 모양으로 출근하는 것…. 주변에는 이 모든 것을 다 해내는 슈퍼맘도 있지만 그건 선택의 문제일 뿐 누가 더 잘한다는 평가 기준은 아니었으면 좋겠다.

'집안일의 아웃소싱'이라는 말을 쓰는 시대다. 우리 집은 요리는 밀키트가, 설거지는 식기세척기가, 청소는 로봇청소기가 대신한다. 기저귀, 생수, 우유, 고양이 사료, 고양이 모래 등은 인터넷 정기배송서비스를 신청해 최저가를 비교하는 정신노동에서 해방되었다. 빨래건조기가 항상 돌아가고 그것도 하루나 이틀이 지나 꺼내는 날이 부지기수다. 구겨진 옷을 입고 출근해도 당당한 정신승리가 필요하다. 로봇청소기는 집안 구석구석을 깨끗이 청소할 만큼의 좋은 성능은 아니지만 먼지가 보여도 안 보이는 척 산다.

회사일과 집안일 둘 다 힘들기 때문에 누가 더 힘드냐는 논쟁은 시간과 감정만 소모시킬 뿐이다. 서로의 입장이 되어보면 알 수 있다. 우리는 이해받기 위해 살아가는 것이 아니다. 이해할 수 없으므로 더 많은 이야기를 나누는 것이다.

모든 것이 서툴던 첫아이를 낳았을 때보다 조금은 여유가 생긴 지금도 우리는 수많은 시행착오를 반복하며 한 발 한 발 내딛는 중이다. 지나고 보면 잃은 것보다는 얻은 게 훨씬 많다는 걸 깨달으면서.

육아는 총성 없는 전쟁

아침 기온이 영하로 떨어졌다. 출근길 몸을 움츠린 채 발걸음을 재촉하는데 첫째인 율이 나이쯤으로 보이는 여자아이가 엄마 손을 붙잡고 걸어가는 모습이 눈에 들어왔다. 두꺼운 겉옷과 털목도리로 꽁꽁 싸맨 작은 몸을 보다가 아이들 생각이 났다.

'따뜻한 이불 속에서 자고 있어야 할 아이가 엄마 출근 시간 맞추느라 전쟁을 치렀겠네.'

출근길은 아무리 서둘러도 마음이 급하다. 그러다 보니 어린이집 책가방을 싸다가 준비물을 자주 빠뜨렸다. 담임교사가 키즈노트에 써준 준비물을 꼭 하루나 이틀씩 늦게 챙기는 바람에 번번이 죄송했다. 아이들은 언제쯤 스스로 옷을 입고 준비물을 챙길 수 있을까. 첫째는 집에서 나가기 전 한 시간 동안 15분 간격으로 흔들어 깨워야 겨우 일어난다. 전날 실내복을 다 입혀놓은 상태여서 겉옷만 입히고 등원 길에 오르는데, 남편과 둘 다 회사를 다닐 때는 회사 가방과 어린이집 가방을 들고 깜깜한 새벽 잠든 아이를 한 명씩 안은 채 집을 나섰다. 어린이집에는 당직 교사 한두 분이 자리를 지키고 있었다. 선생님 손에 아이를 인계하다가 깨기라도 하면 놀라서 우는 아이를 억지로 떼어놓고 도망치듯 빠져나왔다. 맞벌이 부모에게는 가장 힘든 순간이다.

퇴근 시간이 가까워지면 5분 전부터 시곗바늘만 보다가 정시에 일어나 달리기를 했다. 집에 도착해서는 두 아이에게 저녁을 먹이고 놀이터로 산책을 나간다. 돌아와 씻기면 금세 재울 시간. 눈앞에 보이는 쓰레기나 빨래 더미는 손도 대지 못한 채 잠드는 날이 허다하다.

육아는 그때그때 최선을 다해도 돌아보면 후회투성이다. 그렇게 힘들게 하던 아이도 만 세 살이 지나면 "다 컸구나" 싶을 만큼 공동체 생활의 기본 규율을 따르는 인격체가 된다. 그렇다고 육아가 결코 쉬워지는 것은 아니다. 아이 키워본 사람 누구나 공감하는 말은 "가장 힘든 순간은 바로 지금"이라는 말이다. 아이가 신생아일 때는 밤잠 못 자는 고통을 견디면서 한 시간 주기로 수유하느라 인간으로서의 기본적 의식 생활을 누릴 수가 없다. '오늘만 버티자'는 심정으로 한 단계를 넘어서면 다른 종류의 시련이 끝도 없이 이어진다.

아이를 키우면서 기억에 남는 사건은 대부분 힘들거나 위험했던 순간들일 것이다. 나 역시 그렇다. 첫째는 돌 무렵 싱크대 잠금장치를 열고 양손에 식칼을 들고 나와 나를 기겁하게 만든 적이 있다. 엘리베이터 문에 손가락이 끼어 정밀 촬영한 일도 몇 번 있다. 16개월째에 어린이집 생활을 시작했을 때는 아침마다 등원을 거부해 동네 유명인사가 되었다. 길바닥에 드러누워 한 시간을 울다가 동네 할머니들이 뛰쳐 나와 회사에 출근 못 한다고 전화하라며 성화를 부린 일도 있다.

주말에 집안일을 피해 밖으로 도망 나가면 사회의 민폐가 되지 않기 위해 한순간도 방심할 수가 없다. 공용 육아휴게실에서 기저귀를 갈아주는데 30초도 안 걸릴 일을 10분 넘게 끙끙거린 적도 있다. 겨울이라 여러 겹의 옷을 입혔더니 하나씩 벗기고 입힐 때마다 내 손에서 벗어난 탓이다. 그 상태로 높은 곳을 오르내리던 아이가 결국 휴게실 안내판을 망가뜨렸을 땐 나도 모르게 눈물이 났다.

한번은 어린이집 학부모들과 브런치를 먹다가 다같이 눈물을 쏟았다. 은진 씨는 남편이 새벽 일찍 출근해 밤늦게 퇴근하기에 네 살, 두 살 아이를 거의 혼자서 키운다. 어느 날 남편에게 "나 너무 힘들어"라고 말했는데 "무슨 말 할지 아니까 그만해"라는 대답을 들었다고 한다. 은진 씨 남편은 서울에서 수원까지 매일 왕복 네 시간을 출퇴근한다. 그 와중에도 쓰레기 분리수거나 설거지는 매일 해주는 노력하는 가장이다. 아마도 그날은 둘 다 지칠 대로 지쳐서 누군가 건드리면 터질 것 같은 상황이었을 것이다. 카페는 순간 울음바다가 됐다.

전업맘은 아이에게 치여서 힘들고 직장맘은 아이와 함께할 시간이 부족해서 아쉽다. 육아휴직 기간 동안 가장 좋았던 건 늦잠을 잘 수 있는 것도, 나만의 시간이 많아진 것도 아니다. 어린이집 하원 길에 들른 놀이터에서 아이의 같은 반 친구들과 뛰어노는 한 시간 동안의 여유다.

아이들은 놀이터에서 자란다. 부모와 함께하는 놀이나 어린이집 생활도 중요하지만 놀이터에서 친구들과 뛰어노는 하루 한 시간은 아이의 성장 과정에 빼놓을 수 없는 중요한 부분이다. 웃는 아이의 얼굴을 보는 부모의 꿈도 함께 자란다. 땅이 꽁꽁 언 한겨울에도 놀이터에 들르는 걸 빼놓지 않는 이유다. 코가 빨개져도 집에 가기 싫다고 우는 첫째와 갓난 둘째를 안고 발을 동동 구른 적이 비록 여러 번이지만.

세 살이 지난 다음 맞이할 유치원 적응, 초등학교 입학, 사춘기 그리고 수험생활…. 무수한 고비를 넘겨야 비로소 아이는 부모 품을 벗어날 것이다. 긴 세월 부모는 전쟁터에 선 동지 관계다. 어떤 어려움도 나누다 보면 혼자보다는 덜 힘든 법이겠지.

출산과 육아 비용의 경제학

기저귀, 분유, 젖병, 젖병솔, 물휴지, 손수건, 노리개젖꼭지, 배냇저고리, 내복, 모자, 손싸개, 양말, 체온계, 유모차, 카시트, 아기띠(포대기), 아기욕조, 아기비누, 아기로션….

'육아는 아이템발'이라는 말이 있을 만큼 요즘은 엄마와 아기의 편의를 위해 만들어진 육아용품이 넘쳐난다. 개중에는 막상 사용해보면 가성비가 떨어지는 것도 있고 아이 성향에 따라 금세 불필요한 물건이 되는 것도 있다. 어쨌든 출산 예정일을 앞둔 예비 부모는 기다란 아기용품 리스트를 만들어놓고 하나씩 구입하기 시작한다. 대형 마트나 인터넷 쇼핑을 이용하면 하루나 이틀 만에 전부 배송되는 시대라서 굳이 서둘러 구매해놓을 필요가 없는데도 말이다. 아기용품을 준비하는 과정 자체가 예비 부모에게는 행복이다. 직접 만져보고 고르면서 아기를 기다리는 설렘은 느껴본 사람만 알 것이다.

아기용품 중에는 수십만 원에서 수백만 원에 달하는 고가 제품이 많다. 브랜드에 따라 가격도 천차만별이다. 그래서 요즘 아기들은 태어날 때부터 계급화된다고 한다. 산후조리원은 말할 것도 없고 입원비 역시 특실, 1인실, 6인실에 따라 수백만 원 차이가 나니 그런 말이 나올 만도 하다.

남의 이목에 연연하지 않는 우리는 최소한의 소비, 곧 가장 경제적이고 실용적인 지출을 하려 무척 노력했다. 우선 6인실은 정부 지원을 받기 때문에 입원비가 무료였다. 수중분만 비용은 출산을 두 번 하면서 각각 10만 원, 그 외에 약값이 5만 원 정도 들었다. 아마도 우리 부부의 씀씀이는 병원 기록에 남을 정도로 기이했을 것이다.

산후조리원 비용은 보편적으로 200만 원 안팎이고 1000만 원 이상을 기꺼이 치른 사람도 있지만 짠내 나는 우리 부부는 정부가 비용 일부를 지원해주는 산후조리 도우미조차 이용하지 않았다. 중고나라에서 각각 3만 원에 아기침대와 유모차, 카시트를 구입했다. 율이와 솔이가 나중에 커서 이 글을 읽으면 서운해할지도 모르겠다.

하지만 내내 그런 건 아니었다. 아이들이 조금씩 자라면서는 다른 집의 몇 배나 되는 돈을 기꺼이 쓰는 우리를 발견하고 깜짝 놀란 적도 있다. 저축도 하지 않지만 불필요한 사치 역시 해본 적이 없는데 주말에 아이들을 데리고 외출만 하면 30~40만 원 쓰는 게 일도 아니었다. 가격이 너무 사악해 울고 싶을 정도의 장난감도 아이가 원하면 못 이기는 척 사주곤 했다. 내 부모의 마음도 그랬을 것이다.

사실 아기일 때는 최대한 지인들과 나눠 쓰거나 물려받는 게 가장 합리적이다. 신혼 초에는 나도 옆집 언니에게 옷과 신발을 물려받아 아기 옷을 직접 사본 게 손에 꼽을 정도였다. 정부와 지자체의 지원도 많다. 모유를 짜는 유축기는 산모 상태에 따라 필요 없을 수도 있는데 20만 원 안팎의 고가라 무작정 사기가 부담스럽다. 지자체 대부분은 유축기를 무료로 대여해준다.

경제적으로 풍요로워서 육아비용을 많이 쓸 수 있다면 소중한 아기와 엄마를 위해 몇 푼 쓰는 게 대수롭지 않을 것이다. 비난받을 일도 아니다. 하지만 경제 사정이 빠듯한데도 출산과 육아에 대한 보상심리나 다른 사람의 이목을 신경 쓰느라 불필요한 지출을 하는 건 어리석은 일이 분명하다. 소비의 가치기준을 세워 현명하게 지출을 관리하는 게 결국은 남는 것이다.

아기와 반려동물 키우기

유년 시절 기억 속의 우리집 첫 반려동물은 털이 하얗고 몸집이 큰 강아지였다. 지금은 거의 기억이 없지만 엄마는 종종 "너희가 학교에서 돌아오면 바둑이가 실내화 가방을 입에 물고 자기 집으로 들어갔어"라며 옛날이야기를 들려주었다.

강아지와 이별한 건 초등학교 3학년 때 도시의 아파트로 이사하면서다. 아빠는 강아지를 다른 집으로 보냈다고 했다. 나는 며칠 내내 밥도 안 먹고 울기만 했다. 엄마는 슬퍼하는 나를 위해 작은 몰티즈를 두 번 데려왔는데, 한 번은 아빠가 다시 어딘가로 보내버렸고, 그다음에 온 강아지는 병을 앓다가 일찍

죽었다. 시간이 지나면 잊힐 만한 기억인데도 그때의 감정과 방과 후 본 강아지의 죽은 모습은 어른이 된 지금까지 남아서 가슴을 콕콕 찌른다.

"동물들은 이제 어떻게 할 거니?"

첫아이를 임신했을 때 숱하게 들었던 말이다. 결혼 전 키우던 강아지 메리와 고양이 슈슈는 내게 반려동물 이상의 존재였다. 많은 친구를 만나고 일정이 바쁜 틈에도 마음은 외로웠던 시절 유일하게 의지했던 게 메리와 슈슈였다. 동물들은 얼어붙은 내 마음에 따뜻한 위로가 되어주었다. 퇴근 후 집에 와서 밥을 주고 화장실을 치워줘야 한다는 책임감이 고된 하루를 버티게 했다. 그런 메리와 슈슈를 이제 어떻게 할 거냐고 물을 때마다 너무 속상했다.

유기견이던 메리는 일생을 통틀어 내게 가장 특별한 반려동물이었다. 어느 날 회사 후배에게 주인 잃은 유기견을 발견했는데 잠깐만 맡아달라는 다급한 전화가 걸려왔다. 엄마가 반대해서 돌볼 수 없다는 후배의 말에 거절할 수가 없었다. 강아지 몸에는 분실 방지 마이크로칩이 시술돼 있어서 곧 주인을 찾을 거라 생각했다. 하지만 동물병원에서 확인해보니 마이크로칩 정보는 삭제되어 있었다. 수의사는 시스템 오류로 삭제됐을 수도 있고 주인이 일부러 삭제했을 수도 있다고 했다. 요즘 인터넷에서는 마이크로칩 정보를 삭제하는 기계가 불법 판매된다고 한다.

그 며칠 사이 정이 들어버린 메리를 차마 유기견센터로 보낼 수 없어서 결국 나는 가족으로 맞이했다. 메리는 믿을 수 없을 만큼 똑똑한 강아지였다. 한번은 깊이 잠든 새벽 30분 넘게 짖는 바람에 잠에서 깼다. 메리는 화장실 앞으로 달려가더니 열어달라는 몸짓으로 문을 긁었다. 문을 열어주자 배탈이 난 듯 화장실 바닥에 설사를 했다. 늙고 병들어 죽던 날에도 앙상하게 마른 몸을 끌고 배변판으로 가던 개였다.

우리는 매일 저녁 남산에 올랐다. 산책을 건너뛰지 않으려고 회식이나 술자리도 빠졌다. 주말에는 집 앞 카페 테라스에 나란히 앉아 사람들을 구경했다. 같이 기차를 타고 바다에도 갔고, 친한 친구 결혼식에도 동행했다. 일 년 동안 단짝처럼 붙어 지냈다. 외출 준비를 하면 목줄을 물고 폴짝거리던 모습이 아직도 눈에 선하다.

메리가 첫째 율이를 처음 만났을 때의 모습이 생각난다. 아기를 낳기 전 메리는 질투심이 강한 개였다. 산책하다가 내가 다른 집 개의 머리를 쓰다듬기라도 하면 공격적으로 짖거나 으르

렁댔다. 카페에서 내가 귀여워하던 개의 귀를 물어뜯어 병원비를 물어준 적도 있다. 그렇게 사납던 메리가 율이에게는 한 번도 짖거나 으르렁대지 않았다. 멀리서 지켜보며 아기를 배려하는 마음이 느껴졌다.

의사나 동물 전문가 가운데는 아기와 반려동물이 한집에 살아도 문제가 없다고 말하는 이들이 많다. 부모들이 가장 걱정하는 건 아기의 건강인데, 반려동물이 사람의 면역력을 높여준다는 연구결과도 있다. 다만 아토피나 호흡기질환의 경우 유전이나 체질에 따를 확률이 높으므로 동물과 함께 키우는 것이 무조건 좋다고는 할 수 없다.

율이와 솔이는 신생아 때부터 동물과 함께 생활했는데 다행히 지금까지 아토피나 호흡기질환을 앓은 적이 없다. 담당 의사는 아기가 너무 어려서 동물과 떼어놓는 게 좋겠다고 조언했지만 보낼 곳이 없었다. 아이가 자라며 강아지나 고양이 털을 손에 쥐고 입에 넣는 일이 많은데, 그래서 아기가 걷기 시작하면 많은 엄마가 반려동물을 다른 집으로 보낸다고 한다. 둘을 함께 키우는 게 정 힘들다면 당분간 가족이나 지인에게 맡겨두는 방법이 있다. 가장 최선은 다른 방으로 분리시키는 한이 있어도 헤어지지 않는 것이라고 생각하지만.

누군가는 사람보다 동물이 중요하냐고 비난할 수도 있다. 설마 사람보다 동물이 중요해서일까. 한 생명을 책임지고 지키려는 부모의 노력은 아이의 정서에 영향을 미친다. 부모가 동물을 대하는 모습은 아이에게 좋은 교육이 된다.

메리와의 이별은 예상보다 빨리 왔다. 나이가 많은 데다 발견 당시부터 병을 가진 탓이다. 첫째 율이가 태어난 지 한 달 정도 지나면서 아프기 시작했는데 당시 나는 하루하루가 힘겨워 아픈 메리를 제대로 돌봐주지 못했다. 메리가 위급하다는 걸 직감한 날은 하필 비가 내렸다. 폭우 속에 메리와 갓난아기인 율이를 안고 택시를 탔다. 병원으로 가는 내내 '잘 돌봐주었으면 더 버틸 수 있었을까'라는 생각에 눈물이 멈추지 않았다. 돌이킬 수 없다는 죄책감 속에서 그날 밤 메리와 이별했다.

아기와 반려동물은 서로에게 좋은 친구가 될 수 있다. 메리가 죽고 나서 얼마 지나지 않아 남편은 사정이 생겨 키울 수 없게 된 친구의 강아지 루시를 데려왔다. 루시 역시 나이가 많고 아픈 개여서 함께 보낸 날은 3년 남짓에 불과했다. 그 3년이란 시간 동안 율이는 루시와의 이별을 이해할 수 있는 나이가 되었다.

그날은 동물병원에서 엑스레이와 초음파 검사를 진행했다. 수의사는 루시가 주말을 넘기기 힘들 거라고 말해주었다. 밤새 간호하던 남편 옆에서 율이는 열심히 루시의 몸을 어루만지며 흐느꼈다.

"루시야, 제발 아프지마."

이튿날 새벽 남편이 조용히 나를 깨웠다.

"루시는 조금 전에 갔어."

율이를 깨워 루시가 죽었다고 알려주자 실감하지 못하는 눈치였다. 차로 한 시간가량을 달려 도착한 화장터에서 화장한 뒤 반려동물 추모관에 루시의 자리를 만들었다. 화장터에 도착해서도 어리둥절해하던 율이는 루시의 사체가 화장 기계로 들어가는 것을 보며 눈물을 뚝뚝 흘렸다. 다시 차로 돌아오는 한 시간 내내 율이는 강아지 사진을 끌어안고 놓지 않았다.

"엄마, 루시는 언제 다시 데려올 거예요?"

"율아, 이제는 거기가 루시의 집이야."

"아니야! 루시 집은 율이 집이야!"

루시가 떠난 뒤 한참 동안 아이는 슬픈 감정에서 헤어나지 못했다. 어린이집에 가서도 루시 이야기를 했고 동물병원 옆을 지날 때마다 "루시는 어디로 갔어요?" 하고 물었다. 반년이 지난 지금도 루시의 사진을 끌어안고 종종 눈물을 보인다. 그런데 어떤 날은 루시가 생각나 울고 있는 내게 다가와서 눈물을 닦아주고는 "엄마, 루시는 이제 안 아프니까 울지 마세요. 주말에 만나러 가면 되죠" 하고 말한다.

아이는 때로 어른보다 강하다.

아기와 반려동물을 함께 돌보는 게 쉬운 일은 아니다. 그렇지만 함께했던 순간들을 우리 가족은 후회하지 않는다.

공중변기 뚜껑에 눕힌 아기: 남편의 이야기

인생은 타이밍이라는 말, 그 말이 내 이야기가 될 줄은 생각지도 못했다. 우리 가족은 여느 가족의 모습과 크게 다르지 않았다. 나는 일하는 아빠였고 아내는 집에서 육아를 도맡는 '전업맘'이었다. 그 평범한 일상에 변화가 찾아온 건 아내의 이른 재취업이 결정되면서다. 베이비시터를 고용하고 맞벌이 가정으로 변신을 시도했지만 여러 일이 한꺼번에 벌어지면서 뜻하지 않게 나는 직장을 그만두고 육아아빠의 길로 들어서고야 말았다.

무식하면 용감하다고 했던가. 처음에는 육아에 대한 걱정이 조금도 들지 않았다. 어렸을 때부터 아기를 무척 좋아했고 조카들과도 잘 놀아줬기에 자신 있었던 것이다. 하지만 육아는 단순히 아기와 놀아주는 일이 아니었음을, 육아아빠라는 거창한 말이 실상 '남자 전업주부'와 같은 말이었음을 깨달은 건 한참 뒤였다.

아이가 울면 달래고 분유를 먹이거나 기저귀 갈아주는 건 나름 잘한다고 생각했다. 하지만 끝도 없는 집안일은 아무리 시간이 흘러도 적응이, 아니 감당이 되지 않았다. 퇴근한 아내가 집으로 돌아오기 전까지 당장 눈앞에 보이는 것만 해결하는 데도 힘에 부치다 보니 자연스럽게 싸우는 일이 잦아졌다. 거기에 이유를 알 수 없는 우울함까지 스멀스멀 올라왔다. 엄마들이 겪는다는 산후우울증이 이런 걸까 싶었다.

첫째가 조금 자라면서는 문화센터에 데려가기 시작했다. 집에서 온종일 아빠와만 지내다 보니 아이가 지루함을 느끼지 않을까 염려되어서다. 나 역시 답답함을 어딘가에 풀고 싶었다. 아이가 어린이집에 입학하기 전 예행연습이라도 하자는 마음도 있었다.

문화센터 수업 첫날, 할머니 손에 이끌려 온 아이는 몇 명 눈에 띄었지만 아빠와 함께 온 아이는 율이밖에 없었다. 그러다 보니 아이도 나도 적응하는 데 생각보다 시간이 오래 걸렸다.

몇몇 아이와 엄마는 수업이 끝나면 바로 옆에 있는 키즈카페로 몰려가 대화를 나누거나 정보를 교환했지만, 남자인 나는 어디에도 낄 수 없었다. 결국 문화센터 수업이 끝나는 날까지 율이는 친구를 만들지 못했다. 아이에게 친구를 만들어주지 못한 게 못내 미안했다.

한번은 마트에서 기저귀를 갈아야 하는 상황이 되었다. 난감했던 건 육아휴게실에 '아빠 출입금지'라는 안내문이 붙어 있었다는 것. 남자 화장실로 아이를 데리고 가면서 그나마 마트 화장실이 깨끗해서 다행이라고 위안을 삼아야 했다. 보통 남자 화장실에는 기저귀 교환대가 없기 때문에 자칫 아이를 더러운 변기 위에 눕혀놓고 기저귀를 갈아주어야 하는 상황이 닥치기도 한다. 몇 년 새 남자 화장실에도 기저귀 교환대가 생겨나긴 했지만 부족한 건 여전하다.

육아아빠가 되어보니 주변의 눈치도 많이 보였다. 모두들 '남자가 얼마나 능력이 없으면 집에서 아이나 볼까'라고 말하는 것만 같아 나도 모르게 위축되고 예민해졌다.

만만한 성격이 아닌 아내와 매일같이 싸우는 와중에도 둘째가 생겼고, 무거운 몸을 끌고 만원 지하철로 출퇴근해야 할 아내를 위해 결국 우리는 서울로 이사했다. 그 뒤 우연한 기회로 창업을 하게 되었지만 육아와 일을 병행해야 하는 현실은 변하지 않았다. 어느 하나에 집중할 수 없다고 느낄 즈음 우리는 첫째 율이를 어린이집에 보내기로 결정했다.

율이는 어린이집에 쉽게 적응하지 못했다. 같은 반 친구들은 엄마 혹은 아빠와 금세 웃으며 헤어졌지만 율이는 교실 앞에서 30분 넘게 우는 날이 6개월 이상 반복되었다. 율이가 겨우 어린이집에 적응할 무렵 학부모 참여수업에 참석한 적이 있다. 역시 아빠는 나 혼자였다.

육아아빠 5년차가 된 지금은 처음보다 아빠들의 참여가 많아지긴 했지만, 사회가 빠르게 변하는데도 여전히 크게 달라진 건 없는 듯해 아쉽다. 아이들의 자라는 과정을 눈으로 직접 확인하는 행복이 아니었다면 과연 '육아아빠'라는 타이틀을 내가 버텨낼 수 있었을까. 자신할 수 없다.

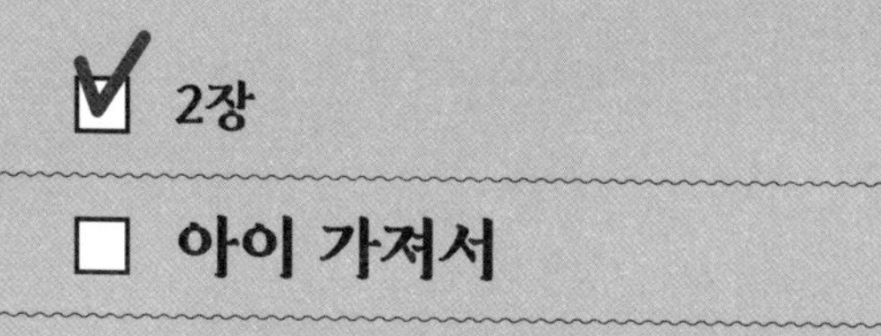

2장

아이 가져서 죄송합니다

육아 불평등 사회

"저…. 둘째아이를 가졌습니다. 죄송합니다."

아무리 계획에 없던 임신이라지만 하필 "죄송하다"는 말이 튀어나왔을까. 기대한 건 아니지만 축하 인사는 없었다. "정말 반가운 소식이 아니네"라고 대놓고 말한 상사도 있었다. 상처받지 않으려고 다짐했는데도 죄송하고 위축되는 마음을 떨칠 수가 없었다. 때마침 회사가 연중 가장 바쁜 시기였다. 동료들에게 피해 주는 건 아닌지 눈치가 보였다.

대표와의 면담 끝에 3개월의 출산휴가와 3개월의 육아휴직을 결정했다. 육아휴직 신청서를 작성하는데 실감이 나지 않았다. 한국에 육아휴직제도가 생긴 것이 2001년. 올해로 20년째다. 하지만 바로 직전 회사까지 실제 아이를 낳고 회사로 돌아온 동료를 본 적이 없다. 법적으로 인정하는 육아휴직인데도 사회는 아직 갈 길이 멀다. 법적 육아휴직 기간인 일 년의 반의 반만 사용하는 건데도 회사는 선심을 쓰듯 했고 나는 너무 고마워서 절이라도 해야 할 것 같았다. 꿈같았다. 생후 두 달째에 베이비시터에게 맡겼던 율이를 떠올리며 다짐했다. 솔아, 우리 앞으로 6개월 동안은 한시도 떨어지지 말자.

2년 전 임신했을 때는 10년의 커리어가 끝났다고 생각해 좌절했다. 임신·출산과 함께 회사를 떠났던 선후배들을 생각하면 왠지 불안했다. 한때는 기자라는 직업이 지긋지긋했지만 영영 작별한다고 생각하면 가슴이 꽉 막혀왔다. 그런 내게 한 번도 아닌 두 번의 임신이 찾아온 것이다. 아이 둘을 키우면서 직장을 다니는 게 현실적으로 가능한지 계산할 여유는 없었다. 나는 우리 집 가장이었으니까. 다행히 2년 전보다 사회는 아주 조금 나아졌다. 새 직장의 배려로 일을 포기하지 않은 건 내 인생을 바꾼 중요한 기회였다.

아이 둘을 키우면서도 지금까지 쌓은 커리어를 포기하지 않고 계속 일할 수 있게 된 건 다행이지만, 냉정히 말하면 육아휴직은 여전히 허울뿐인 제도다. 가장 큰 문제는 육아휴직을 사용할 수 있는 사람이 생각보다 많지 않다는 것. 곧 차별이 심하다는 의미다. 중소기업 근로자나 비정규직, 프리랜서에게 육아휴직은 다른 세상의 일이다. 대한민국 국민이면 누구나 평등하게 쓸 수 있어야 하는 법인데 실상은 모두가 똑같이 이용하지 못한다. 어떻게 이해해야 할까. 대기업과 중소기업 간 임금 차별이나 복지 차이와는 근본적으로 다른 문제다. 근로기준법은 단순한 사내 규정이 아닌 '법률'이기 때문이다.

물론 대기업에 다니거나 공무원이라 해도 마음 놓고 육아휴직 혜택을 누리는 건 아니다. 민주노총을 통해 인터뷰한 이모 과장은 대기업 건설사에 다닌다. 아내의 반복된 유산과 초등학교에 입학한 딸의 정서불안 문제로 육아휴직을 신청해 사내 첫 '아빠 육아휴직자'가 되었다. 남성 직원 비중이 절대적으로 높은 대기업 건설사에서 아빠 육아휴직자로 가장 힘들었던 건 의외로 상사나 동료들의 차별이 아니었다고 한다. 바로 경제적 문제였다. 현행 근로기준법상 육아휴직 급여는 자녀를 키우는 도시생활자가 경제생활을 유지하는 데 턱없이 부족한 액수다.

육아휴직 자체에 대한 차별 역시 존재한다. 또다른 취재원은 육아 복지가 최고 수준인 공무원으로 육아휴직을 냈다가 복직했다. 하지만 집에서 왕복 네 시간 거리인 지방으로 발령받았다. 인사 조정을 신청했지만 업무 순환을 위해 어쩔 수 없다는 답변만 들었다. 그는 육아휴직으로 인한 인사 불이익을 의심할 수밖에 없었다.

공무원조차 이렇게 마음 놓고 육아휴직을 내기가 쉽지 않은 사회에서 얼마나 많은 예비 엄마가 출산휴가 3개월을 쓰면서 죄인처럼 고개를 숙여야 했을까. 설령 육아휴직 일 년을 다 사용할 수 있는 회사라 할지라도 축복받으며 떠난 사람은 과연 몇 명이나 될까. 누군가에게는 육아휴직 자체가 배부른 소리겠지만.

한편으로는 복직에 성공해도 일과 육아의 기로에서 분투하는 다양한 유형의 직장맘이 있다. 아이를 친정에 맡기고 주말마다 보러 가는 엄마, 베이비시터와 한집에서 먹고 자는 엄마가 주변에 널렸다. 대기업이나 공공기관의 직장어린이집처럼 중소기업과 스타트업이 입주한 지식산업센터 등에도 공동 직장어린이집이 더 많이 생겨나야 한다.

어렵게 직장에서 살아남은 여성은 겉으로 드러나지 않는 차별로도 고통받는다. "중요한 얘기는 퇴근 후 술자리나 담배 피는 자리에서 나온다" "여자들은 사회생활 쉽게 한다" "골프는 언제 배울 거냐" 같은 말을 들을 때면 내가 정말 회사에 필요한 사람이 맞는지 회의감이 든다.

대학 졸업 후 잠시 아르바이트하던 은행에는 동기 중에 가장 먼저 승진한 여자 과장님이 있었다. 그녀는 당시 초등학생 자녀 두 명을 두었지만 3차, 4차 회식 자리까지 빠지지 않았다. 다른 기혼 여성들은 1차를 끝내고 조용히 사라지는데도 말이다.

때로 내게 가장 힘이 되는 존재는 같은 처지의 직장맘들이다. 선배나 친구들을 비롯해 지금도 많은 엄마가 자기 자리를 지키려고 눈물을 훔치며 하루를 견딘다는 사실이 나를 위로한다. 그들을 지지한다. 아이까지 낳은 우리가 세상에 못 할 게 무엇이 있을까.

공공장소
모유 수유가 불편한가요?

인터넷에서 호주의 한 여성 상원의원이 회의 도중 갓난아기에게 젖을 물린 사진이 화제가 됐다. 호주는 2016년 의회 규정을 바꿔 어린 자녀를 둔 국회의원이나 직원이 아이를 데리고 출근할 수 있도록 허용했다.

모유 수유는 여성의 임신과 출산, 육아 과정에서 가장 중요시되는 임무다. 임신·출산과 함께 오로지 엄마, 여성만이 할 수 있는 일이므로 숭고함과 모성애를 상징하는 행위로 여겨지기도 한다. 모유 수유는 아기와 엄마의 건강을 위해 정부도 권장한다. 무엇보다 경제적이다. 내 담당 의사 선생님은 대한모유수유의사회에서 활동하는 분이었는데 모유 수유의 중요성을 귀에 못이 박히도록 설명했다.

그런데 두 아이를 키우며 깨달은 건 모유 수유를 하는 엄마와 아기에 대한 사회의 배려 없는 현실이다. 첫째를 낳고는 복직을 준비하느라 한 달 반 만에 모유 수유를 끊었다. 그러자 주변에서 무수한 비난이 쏟아졌다. "엄마 맞냐" "이기적이다" "아이가 불쌍하다"는 말을 수없이 들어야 했다. 모유 수유를 하는 동안은 젖꼭지에서 피가 나지 않은 날이 없었다. 아기는 피와 모유를 같이 마셨다. 아파서 볼살 안쪽을 꽉 깨물며 버티기를 반복했다.

마땅히 모유 수유를 해야 엄마 자격이 생기는 것처럼 사람을 몰아세우는 분위기에서 둘째를 낳고는 5개월 가까이 모유 수유를 이어갔다. 그런데 복병을 만났다. 공공장소에서의 모유 수유다. 기분 좋은 선선한 바람이 부는 9월에 둘째 솔이를 낳고는 매일 낮 산책을 나섰다. 집에 있으면 갑갑해서 견딜 수가 없었다. 신생아는 보통 한 시간이나 두 시간마다 수유를 한다는데 솔이는 30분마다 젖을 달라고 보챘다. 그래서 공원 벤치, 카페, 놀이터에서도 남들 시선은 신경 쓰지 않고 젖을 물렸다.

그러나 한국 사회에서 공공장소 모유 수유는 유별난 행동으로 취급받기 일쑤다. 대놓고 손가락질하거나 힐끔힐끔 쳐다보다가 민망한 듯 고개를 돌린다. 공공장소에서 모유 수유를 할 때는 대체로 인적이 드문 곳을 찾아 겉옷이나 천으로 아기 머리를 가렸는데도 몰상식한 행동으로 치부받았다.

처음에는 내가 괜한 자격지심에 착각한다고 생각했다. 모유 수유를 권장하는 사회에서 그럴 리가. 하지만 인터넷에 '공공장소 모유 수유'를 검색해보면 많은 사람이 "불쾌하다" "사람 없는 곳에서 했으면 좋겠다" "관종"이라며 비아냥댔다. 주변에는 불편하고 비위생적인 화장실을 찾아 모유 수유를 한다는 엄마도 있었다. 왜 젖먹이를 데리고 굳이 사람 많은 공공장소를 가느냐고 따지는 사람도 있다. 사회와 정부가 나서서 모유 수유를 강요하는 나라의 모순적인 모습이 아닐 수 없다. 도대체 어쩌란 말인가.

아이 혐오사회

"이런 XX! 엄마가 애새끼 하나 못 달래고 뭐 하는 거야!"

평일 낮 집 앞 편의점 야외 의자에 앉아 생후 한 달 된 솔이와 23개월 된 율이를 데리고 아이스크림을 먹고 있었다. 율이는 아이스크림을 하나 더 사달라며 30분 넘게 떼를 썼다. 이미 네 개를 먹은 뒤다. 귀를 막고 '누가 이기나 해보자'며 버티고 있었다. 생전 처음 보는 낯선 아저씨에게 쌍욕을 들은 건 그때였다. 너무 놀라서 "죄송합니다"라는 말조차 떨어지지 않았다. 솔이를 안고 발버둥치는 율이를 질질 끌며 집으로 달렸다. 율이가 몸을 뒤틀 때마다 두 손에 힘이 풀려 땅바닥에 내동댕이

쳐졌다. 밖으로 나와 구경하던 상가 주인이 한심하다는 듯 "쯧쯧" 혀를 찼다.

얼굴이 벌게지고 가슴이 콩콩 뛰었다. 1~2분 거리가 30분처럼 느껴졌다. 현관문을 열고 집으로 들어오자마자 안도의 눈물이 터졌다. 남편에게 전화를 걸어 영문도 설명하지 못하고 대성통곡했다. 율이도 옆에서 덩달아 울었다. 그러다 지쳐서 같이 누웠다. 율이가 잠드니 이번에는 갓난아기가 잠에서 깨 젖을 달라고 보챘다.

인터넷에서 "어린 아기 데리고 제발 밖에 나오지 마세요"라는 제목의 글이 엄청난 논란을 일으킨 적이 있다. 나도 결혼 전엔 아기가 싫었다. 말도 통하지 않고 시끄러운 데다 민폐를 주는 존재라고 생각했다. 그랬기에 아이를 싫어하는 젊은 사람의 마음을 충분히 이해한다. 그런 내가 지금은 아이를 둘이나 낳아 매일 사람들 속에서 뒤엉켜 살아가고 있으니 사람 일은 모르는 것이다.

아이를 동반한 엄마의 무개념 행동이 사회적 이슈가 된 만큼 동네 단골 카페를 가도 음료수는 아이 것까지 각자 하나씩 시키고 간식을 잔뜩 주문한다. 실수로 물이라도 쏟은 날엔 손님들에게 사과하며 급히 자리를 뜬 게 여러 번이다. 아이를 데리고 외출한 날은 "죄송합니다"를 한 50번쯤 하는 것 같다.

집 앞에 매스컴을 타고 유명해진 동물카페가 생겼다. 집에 개와 고양이가 있어도 아이들은 낯선 동물을 좋아했다. 그래서 주말에 아이들과 카페에 방문했는데 문전박대를 당했다. 카페 안에 커다란 웰시코기 한 마리가 있었고, 율이는 2미터 정도 거리를 두고 웰시코기를 구경했다. 그런데 갑자기 젊은 직원이 뛰어와 "아기 못 만지게 하세요!"라며 고함을 쳤다. 깜짝 놀라 "안 만졌는데요"라고 말하며 몇 마디 주고받았다.

"가까이 가도 안 돼요."

"여기 노키즈존인가요?"

"아기는 안 돼요."

당황한 율이를 데리고 밖으로 나왔다. 율이는 문 밖에 서서 "강아지 보면 안 돼요?"라며 눈물을 뚝뚝 흘렸다. 카페 직원은 밖으로 나와 우리를 노려보더니 문을 닫아버렸다. 당시에는 우는 아이를 달래느라 허겁지겁 집으로 돌아왔지만, 분한 마음에 밤새 한숨도 못 잤다. 동네 맘카페에 그날 겪은 일을 썼더니 수십 개의 댓글이 달렸다. 대부분 나와 비슷한 일을 당한 부모들이다. 카페 안의 웰시코기가 공격성이 강해서 어린아이를 문 적이 있다는 글도 봤다. 젊은 직원의 행동이 조금은 이해됐지만 그래도 화가 나는 건 어쩔 수 없었다.

자기 아이가 상처받는 것이 싫어서 이기적으로 행동하는 부모들, 나 역시 그런 사람 중 한 명이었을지 모른다. 부모들은 다 비슷한 마음일 것이다. 내가 당한 100번의 억울한 일보다 내 소중한 아이가 사회의 부정적 존재로 손가락질 한 번 받는 걸 참지 못한다. 가끔은 차라리 어린이 손님을 거부하는 노키즈존이 낫다는 생각도 한다. 최근에는 노키즈존이 매출 증대에 도움이 된다는 뉴스가 부쩍 많아졌다. 인터넷에서 본 사연인데, 어느 부부가 외식을 하다가 음식점 안을 뛰어다니는 아이에게 머리를 맞았다. 그것도 두 번이나. 부부는 아이를 꾸짖었다. 그런데 아이 엄마는 적반하장으로 "어린애한테 맞은 게 얼마나 아프다고 어른이 화를 내냐. 조용히 식사하고 싶으면 집에서 해야지"라고 말했다고 한다.

이런 이야기를 들으면 두 아이를 키우는 부모지만 노키즈존 지정을 받아들일 수밖에 없다. 그러나 대부분의 부모는 자기 아이가 공공장소에서 남에게 피해를 주지 않도록 가르친다. 부당한 이유로 서비스를 차별받아도 '아이 앞에서 화내지 말자'며 꾹 참는다.

음식점 노키즈존 지정을 두고 국가인권위원회가 '아동 인권

차별'이라며 자제를 권고했다. 노키즈존이 차별이냐 아니냐에 대해서는 다양한 의견이 있는데, 미국이나 유럽 같은 아동 인권을 존중하는 선진국에서도 비슷한 논란이 벌어지는 걸 보면 대한민국의 문제만은 아닌 듯하다.

인권위 권고에는 노키즈존을 금지하되 어린이가 다른 손님에게 피해를 줄 경우 음식점 내 질서를 위해 퇴장시킬 수 있다고 나와 있다. 이런 사례가 많아지면 차츰 하나의 외식문화로 자리 잡을 것이다. 그렇게 힘든데 왜 굳이 아이를 데리고 밖으로 나오는지 묻는 사람에게 나도 묻고 싶다. 당신의 권리에 누군가 이유를 따져도 되느냐고. 외출은 아이와 부모의 즐거움을 위한 것이기도 하지만 한 시민으로서 당연히 주어지는 자유이자 권리다. 아이든 노인이든 가난하든 부자든 가고 싶은 곳을 마음대로 갈 권리가 있는 것이다. 문제는 타인에게 피해를 주는 행동에 있을 뿐이다. 음식점 문 앞에 '노키즈존' 대신 '노실버존'이라는 안내문이 붙어 있다면 어떨까. 나이든 사람이 모두 '꼰대'같이 민폐 행동만 하는 건 아니지 않는가. 아이도 똑같다. 나는 오히려 평범하고 상식적인 부모에게 피해를 주는 아이 혐오사회가 이상해 보인다.

가끔은 절대적으로 내 편이라고 생각한 남편이나 친구도 "아이 울음소리는 부모만 참을 수 있어"라고 말한다. 어린이집 셔틀버스가 정차하는 곳에서 아이를 태우고 내리는 1분의 시간도 기다리지 못해 빵빵대는 운전자를 만난 날은 섭섭함이 이루 말할 수 없을 만큼 밀려온다.

최근 〈겨울왕국2〉 상영관을 노키즈존으로 지정해달라는 인터넷 글을 보고 분노가 머리끝까지 치밀었다. 아이들을 위해 만든 애니메이션 상영관에 아이의 입장을 금지시키라니. 한편에선 키즈 상영관을 확대하면 된다는 의견이 있지만 잘못된 방법이다. 키즈존을 만들면 아이를 키우는 부모 입장에선 당장 편할 수 있겠지만 한편으로 그것은 차별이자 아이를 사회에서 분리시키는 행위다. 아이와 부모에게 허용되는 공간이 점점 줄어드는 결과를 낳고 말 것이다. 키즈카페가 있는데 왜 일반 카페에 오느냐, 키즈 상영관이 있는데 왜 일반 영화관에 오느냐, 이런 논란이 불거질 게 뻔하다. 아이는 어른과 마찬가지로 다양한 사람과 만나면서 사회화 과정을 거쳐 자란다. 아이가 떼를 쓰거나 부모 말을 듣지 않는 건 당연한 일이다. 모든 어른이 그런 시절을 거쳐 지금에 이르지 않았나.

우리 나이로 3세 이하의 아이 두 명을 키우는 것을 미국에서는 '투 언더 투Two under two', 곧 '두 살 아래 또 두 살'이라고 표현한다. 어린 아기 두 명을 한꺼번에 돌보는 게 그만큼 힘들다는 의미로 쓰이는 말이다. 아이 한 명을 키우면서 온 마을의 도움을 바라는 건 아니지만 적어도 미워하지는 않았으면 좋겠다. 아이와 젊은 엄마를 싫어하는 누군가도 자신을 낳고 기른 이가 '엄마'였다는 사실을 알아주었으면 한다.

아이 둘을 키우며 서러운 일만 있었던 건 아니다. 예상치 못한 곳에서 많은 사람의 도움을 받기도 했다. 길에서 자지러지듯 우는 아이를 본 어떤 할머니가 안아서 달래는 요령을 알려주기도 했고, 외식하러 간 음식점 직원이 아이를 대신 돌볼 테니 편안하게 식사하라고 배려한 적도 있다.

둘째를 낳고 육아휴직을 했을 때는 매일 남편의 출근 이후가 공포였다. 그렇게도 기대하던 육아휴직이었는데 갓난아기를 안고 천지분간 못하는 22개월짜리 등하원을 감당하는 게 여간 힘든 일이 아니었다. 갓난아기를 안고 유모차를 끌면서 가파른 언덕을 오르락내리락하다가 중간에서 주저앉은 적도 많다. 첫째 율이는 집에만 있는 게 갑갑한지 하원 후에는 꼭 놀이터에 가자고 졸랐다. 떼쓰는 걸 막지 못해 '어떻게든 되겠지' 하고 밖으로 나가면 예외 없이 땅바닥에 드러누웠다. 하루도 빼놓지 않고. 한 명은 울고 다른 한 명은 바닥에 드러누울 때 지나가던 아주머니나 할머니가 아이를 일으켜주면 외롭다는 마음이 사라졌다.

아이를 데리고 식당에 가거나 비싼 커피만 마셔도 '맘충'이라고 비난하는 세상이다. 아이를 동반해 무책임하게 행동하는 소수의 부모를 일컫는 비난의 말이 이제는 어린 자녀를 둔 부모 전체를 혐오하는 말이 되었다.

아이 혐오와 관련된 다양한 문제의 핵심은 사회만이 아닌 부모에게도 있다는 점을 물론 간과해선 안 된다고 생각한다. 더 많은 부모가 자기 아이를 통제하는 데 세심한 노력을 기울여야 한다. 내 아이가 다른 사람에게 존중받기를 바란다면 공공장소에서의 예절을 가르치는 것이 선행되어야 할 것이다. 부모의 교육관과 실천이 중요하다는 의미다.

나를 위로한 따뜻한 한마디

"엄마도 우아하게 먹을 권리가 있다."

주말 저녁 아이들을 데리고 간 동네 음식점에서 무심코 발견한 문구에 마음이 따뜻해졌다. 노키즈존이 늘어나는 요즘, 아이와 함께 음식점이나 카페를 가면 모든 손님이 우리만 주시하는 것 같아 움츠러들었는데.

감동적인 글이 쓰여 있던 곳은 우리 동네 유명한 청년 스타트업 '열정도'다. 폐허가 될 뻔한 낡은 인쇄소 골목을 청년 사업가들이 개발해 꾸몄다. 단순히 음식만 파는 게 아니라 한 달에 한 번 음악 축제와 플리마켓을 여는 주민 문화의 장이다. 직원에게는 매출 인센티브를 나눠주고 독립을 지원하는 착한 기업이다.

매스컴을 통해 여러 번 소개된 열정도에는 고깃집, 술집, 카페 등이 있다. 주말이든 평일이든 늘 사람이 붐빈다. 처음 열정도에 갔을 때는 단순히 친절한 서비스에 기분이 좋았다. 그런데 두 번, 세 번 가면서는 나도 모르게 '인생은 정말 행복한가'라는 삶의 근본적 물음까지 갖게 되었다. 열정도의 젊은 직원들은 "즐거운 고기 한 점을 향한 끝없는 열정" "감자 살래, 나랑 살래" "서빙밖에 모르는 바보" 같은 재치 있는 문구가 쓰인 티셔츠를 입고 가게 사이를 뛰어다니면서 단 한 순간도 고단한 표정을 짓지 않았다. 일을 진정으로 즐기는 모습이 눈에 보였다.

한번은 율이와 솔이를 쌍둥이 유모차에 태우고 곱창을 파는 '곱상'에 갔다. 가는 도중 두 아이는 유모차 안에서 잠이 들어버렸다. 가게 문 앞에 서서 아이들을 깨워야 하나, 돌아가야 하나 고민하던 찰나 직원이 뛰어나왔다.

"안녕하세요! 어서 들어오세요!"

"아이들이 잠들어서…. 유모차는 못 들어가죠? 다음에 올게요."

"아니에요! 마침 손님들이 몰려오기 전이니 빨리 치워드릴게요."

나와 남편이 머뭇거리는 사이 직원들은 탁자와 의자를 밀어 유모차 길을 만들어주었다. 순간 눈물이 날 뻔했다. 고마움을 넘어 감동이었다.

"괜히 저희 때문에 죄송해요"라고 말하자 직원들이 손사래를 쳤다.

"아이를 동반한 손님들은 물어보는 게 눈치 보인다고 하셔서 저희가 먼저 물어보곤 해요!"

열정도의 팬이 되었다. 뉴스를 통해 이미 많이 알려졌지만 팬의 마음으로 인터뷰를 요청했다. 요즘같이 청년 고용 문제가 심각한 시대, 행복한 일터를 유지하는 비결은 무엇일까. 내가 만난 인터뷰이는 치킨혁명 열정도점의 점장이었다.

그는 어려운 환경에서 자랐기에 많은 돈을 벌고 싶어 했다. 도서관 사서, 피자 배달, 막노동 같은 여러 아르바이트를 전전하며 장사나 영업을 꿈꿨다. 지방대를 졸업해 3개월 동안 4~5군데 이력서를 냈지만 모두 떨어졌다. 그러던 중《청년장사꾼》이라는 책을 만난 것이 그의 인생을 바꾸었다. '청년장사꾼'은 열정도의 법인명이다. 스물여섯에 열정도에 합류해 지금까지 온 그는 "청년장사꾼은 시간과 열정을 투자할 만한 가치가 있는 곳"이라고 자신 있게 말한다.

열정도가 다른 스타트업과 다른 점은 순수익의 30~40퍼센트를 직원들이 나눈다는 것이다. '내 가게'라고 생각하며 더 열심히 일하게 된다. 파트타이머라도 인센티브에 불이익을 주지 않는다. 청년장사꾼에 입사해 열심히 일하면 누구나 동료들 추천으로 점장이 될 수 있다. 점장은 청년장사꾼 소속 직원이자 하나의 사업체를 운영하는 사장이다. 열정도를 이끄는 점장들이 꿈꾸는 미래는 거창하지 않았다. 모두가 이미 행복한 삶을 살고 있다고 답했다.

많은 이가 청년의 꿈은 사라진 시대라고 말한다. 실업, 창업 실패, 결혼·육아 비용의 부담으로 청년들은 희망을 잃은 지 오래다. 그럼에도 특별한 도전을 멈추지 않는 이들, 앞으로 나아가고자 하는 청년들이 사회 곳곳에 무척 많다. 열정 하나를 쥐고 창업에 뛰어든 청년, 해외로 발길을 돌려 취업에 성공한 청년, 무작정 떠난 낯선 땅에서 진정한 행복을 찾은 청년…. 이들의 땀이 우리 사회의 희망으로 자라기를, 그래서 율이와 솔이가 어른이 되었을 즈음에는 그 결실을 조금이나마 누릴 수 있기를 하고 바라본다.

육아 간섭을 사절합니다

"아무리 바빠도 아이 먹일 것은 직접 만들어야지. 넌 엄마잖니."

지난 39년 동안 누구의 간섭도 받지 않고 자유로운 영혼으로 살았는데 아이를 키우면서는 온갖 참견이 상상을 초월했다. 더구나 직장맘은 아이에게 충분한 사랑을 주지 못한다는 편견이 있어 부모님만이 아니라 친척과 친구마저 잔소리 대열에 합류했다.

얼마 전 발표된 해외의 한 보고서에는 '3세 미만의 아이를 반드시 엄마가 키워야 한다'는 '3세 신화'는 신빙성이 낮다는 내용의 연구 결과가 실렸다. 어느 나라를 막론하고 일하는 엄마들의 무수한 가슴에 비수를 꽂았던 3세 신화가 영국 어느 학자의 근거 없는 주장일 뿐이었다는 것이다.

세상에 아이를 자기 손으로 키우고 싶지 않은 엄마가 있을까. 아이를 키우는 것과 직업을 갖는 것은 둘 중 하나를 선택해야 하는 문제가 아닌데도 직장맘은 '아이 대신 일을 선택했다'는 오해를 받는다.

맞벌이가 대부분인 요즘은 스마트폰 터치 한 번으로 매일 아침 배달해주는 간편한 이유식이 보편화되었다. 첫째에게 첫 이유식을 먹일 때는 나도 남들처럼 마트에서 직접 재료를 고르고 씻고 다듬고 끓여서 만드는 것을 당연하게 생각했다. 아이가 맛있게 한입 먹고 까르르 웃어주는 데에 모든 고단함이 날아갈 만큼 행복했다. 하지만 대부분의 이유식은 버려졌다. 시간도 비용도 노력도 내게는 터무니없었다. 아이에게 배달 이유식을 먹이면서 제일 힘든 숙제 하나를 해결했지만, 남이 만든 것을 먹인다는 이유로 베이비시터와 가족, 심지어 친구에게까지 갖은 모진 말을 들어야 했다.

첫째 율이에게 처음으로 유튜브 영상을 보여준 건 차로 이동할 때 카시트 안에서 우는 아이를 달래기 위해서였다. 만삭에

지하철 출퇴근이 너무 힘들어서 남편이 나를 태우고 경기도 군포와 서울 광화문을 매일 아침저녁으로 오가던 때다. 장시간 차에 있는 데에 지친 한 살짜리 아이의 울음을 멎게 하는 가장 확실한 방법은 차를 세운 뒤 안아주거나 영상으로 관심을 돌리는 것뿐이었다. 너무 이른 시기 유튜브에 노출된 아이들은 이제 영상 없이는 외출이 불가능할 정도다. 둘이 나란히 앉아 몇 시간째 영상만 들여다보는 날은 사실 한숨이 난다. 그래도 실컷 보고 나서 "이제 엄마랑 놀이하자"는 말에 순순히 스마트폰을 내주는 것을 보면 영상이 정말 그렇게 나쁜 건가 싶다. '영상이 어린이의 뇌 활동을 방해한다는 연구를 반박하는 주장이 하루빨리 나오길' 하고 은근히 바란다.

이유식이나 유튜브와 비교도 못할 만큼 사람들의 간섭이 심했던 것은 율이와 솔이가 가장 사랑하는 장난감 '쪽쪽이'를 두고서다. 생후 한 달 만에 모유를 떼고 쪽쪽이를 빨기 시작한 첫째 율이는 지금까지 쪽쪽이와 분신처럼 함께하고 있다. 아기 때는 늘 입에 물고 다녔지만 지금은 잠이 오지 않거나 긴장했을 때 쪽쪽이를 찾는다. 쪽쪽이가 있어야 마음이 안정되는 듯했다. 예전에는 의사나 담임교사가 "치아 건강에 좋지 않다" "치열이 흐트러진다" "정서발달을 지연시킨다" 같은 말을 해서 정말 쪽쪽이를 빼앗아야 하는지 심각하게 고민했다. 지금은 다양한 육아 방식을 존중하는 인식이 확산되면서 유아 전문가들도 쪽쪽이의 단점만이 아니라 장점을 알리기 시작했다. 쪽쪽이가 아이의 뇌 활동을 돕고 각종 질병을 막는 코호흡을 자연스럽게 습관화시킨다고 한다. 많은 부모에게 골칫거리인 손가락 빨기 대신 쪽쪽이가 오히려 치아 건강에 도움이 된다고 말하는 사람도 있었다. 영유아 치아 검진을 받으러 갔을 때 쪽쪽이가 치열에는 영향을 주지 않는다는 말을 듣기도 했다. 그러나 무엇보다 율이의 쪽쪽이를 빼앗지 않은 데는 다른 이유가 있다. 아이가 가장 좋아하는 장난감이어서다. 치아 건강이나 예뻐지는 것도 중요하지만 아이가 아끼는 것을 빼앗지 않는 게 나에겐 더 중요했다.

세 돌을 넘어서도 쪽쪽이를 물고 다니자 사람들의 간섭은 도를 넘었다. 지나가던 할머니는 느닷없이 큰소리로 "쯧쯧, 다 큰 애가 젖꼭지를 물고 다녀?"라고 나무랐다. 율이도 어느 정도 자의식이 생긴 다음이라 이런 얘기를 들으면 슬그머니 쪽쪽이를 빼서 주머니나 가방에 넣었다. 한번은 잠든 율이를 안아서 어린이집에 등원시켰는데 선생님의 "율이 왔네!" 하는 소리를 듣고 화들짝 놀란 아이가 잠결에 쪽쪽이를 빼는 모습을 봤다. 아이를 지켜주지 못한 것 같아 미안했다.

지금은 가방에 넣고 다니다가 생각날 때만 꺼내고 어린이집에 도착하면 다시 숨기는 율이의 모습이 귀여워서 웃음이 나다가도 안쓰러워진다. 쪽쪽이에 너무 오래 집착하는 게 걱정도 되지만 때가 되면 알아서 마음의 준비를 하겠지 한다. "율이는 이제 언니라 쪽쪽이 필요 없어"라고 말하거나 심심하면 입에 한 번 넣어보고 혼자서 웃다가 다시 가방에 넣는 것을 보면 지난 시간 괜한 걱정을 했나 싶기도 하다. 아이의 성장이나 건강에 나쁜 영향을 주는 것이 아니라면 아이가 원하는 대로 해주고 싶다. 무엇이 옳은 방식인지는 잘 모르겠다. 친정 엄마조차 율이가 쪽쪽이를 물고 있는 것을 보면 기함할 정도니 부모의 주관대로 아이를 키우는 건 어쨌든 쉽지 않은 일이 분명하다. 시간이 더 지나서 '왜 진작 다른 사람들의 말을 듣지 않았을까' 하고 후회할지도 모른다.

"음식 사서 먹이고 스마트폰 보여준다고 육아가 덜 힘들까? 저마다 다른 이유로 힘든 게 육아지."

친구의 말이 위로가 되었다. 직접 만든 음식만 먹이는 엄마나 스마트폰을 보여주지 않는 엄마가 더 성실해 보이긴 하지만 그것이 아이를 사랑하는 마음을 측정하는 잣대는 되지 못한다. 집에서나 밖에서나 관심이라고 표하는 작은 간섭이 엄마에게는 지나친 스트레스가 된다는 점을 알아주었으면 한다. 인간의 성격과 생김새가 저마다 다르듯 아이의 성장 환경 역시 부모가 나름의 가치관을 가지고 노력하고 있다면 있는 그대로 존중해주는 게 어떨까.

아이의 인권을 지켜주세요

둘째 솔이를 낳고 나서 나흘 뒤의 일이다. 우리 네 식구는 병원에서 퇴원해 집으로 왔다. 다음 날 아침 초인종이 울려 나가 보니 현관문 앞에 경찰관 두 명이 서 있었다.

"아동학대 의심 신고가 접수됐습니다. 집 안을 살펴봐도 되겠습니까?"

너무 당황스러워서 말문이 막혔다.

"어린아이 두 명이 자지러지게 우는 소리가 매일 밤낮 들린답니다. 주민들이 불편해서 신고한 게 아니라 아이들의 안전이 걱정된다고 해서요. 잠시만 실례하겠습니다."

복잡한 생각으로 어지럽던 머릿속이 금세 정리됐다. 요즘 아동학대나 방임이 사회문제가 될 정도로 매스컴에 자주 오르내리다 보니 주민들이 혹시 몰라 신고를 한 것이다. 1~2분가량 흘렀을까. 경찰들은 집 안을 빠르게 둘러보고는 "실례했다"는 짧은 인사를 남기고 돌아갔다.

놀라긴 했지만 아동학대 의심을 받아 불쾌한 건 아니었다. 한편으로 우리가 처한 전쟁 같은 육아 현실에 웃음이 났지만 '사회 인식이 많이 바뀌었구나' 싶어 긍정적으로 볼 수 있는 사건이었다.

아동보호 관련법이 잘 지켜지는 북미나 유럽에서는 이런 아동학대 의심 신고가 흔히 일어나는 일이라고 한다. 아동학대에는 물리적 폭력만이 아니라 보호자의 방임이나 잘못된 훈육 방식도 포함된다. 아동학대가 의심되는데 신고하지 않은 것도 범죄가 된다.

이런 시각으로 보면 그날의 사건은 정상적인 조사라고 할 수 없었다. 사회의 인식은 많이 발전했는데 공권력의 한계는 명확했다. 최근 뉴스에 나온 아동폭력 사건들을 보면 가해자는 대부분 친부모나 양부모다. 생판 남인 베이비시터가 가해자인 경우도 있지만, 부모가 자기 아이를 학대하는 일이 실제로 더 많이 일어난다. 우리 부부가 겉으로는 아무 문제없이 보였을지 몰라도 아동학대 의심 신고를 받은 상황이라면 좀더 꼼꼼하고 엄격하게 조사를 진행했어야 하는 것 아닌가. 아이의 몸 구석구석을 살펴보고 집 안 상태를 자세히 검사하거나 보호자와의 관계도 물었어야 했다. 하지만 조사는 형식적이었다. 미안해서 어쩔 줄 모르던 경찰들의 얼굴이 기억난다.

아동학대를 막을 수 있는 건 주변 사람들의 관심과 강력한 처벌이다. 선진국에서도 아동학대가 빈번하게 일어난다. 우리와 다른 점은 이웃들의 적극적 신고와 처벌로 피해 아동이 사망에 이르는 경우가 적다는 것이다. 반면 한국에서 발생한 아동학대는 주위의 무관심과 방임 속에 방치되다가 아이가 사망하는 경우가 많다. 피해 아동이 뒤늦게 발견됐을 때는 이미 돌이킬 수 없는 상태다. 몸과 마음이 상처투성이고 앞으로 정상적인 사회생활이 불가능한 지경에 이른 아이들을 뉴스에서 접하면 마음이 찢어지는 것 같다. 아이의 인권을 지키는 1차 책임은 부모에게 있지만 아동보호제도와 인식은 사회와 국가의 수준을 보여준다. 국가가 저출산 문제를 해결하려면 출산율을 높이는 데만 급급해서는 안 된다. 이 땅에 태어나 자라는 아이들을 안전하게 지키는 것이 먼저가 되어야 한다. 한국 정부가 채

택한 유엔 아동권리협약에는 “모든 아동이 국가의 보호를 받아야 한다”고 명시되어 있다. 유엔 아동권리협약에 대해 알게 된 것은 어린이집에서 시행한 ‘학부모 교육 프로그램’을 통해서다. 요즘은 아동 인권에 대한 범주가 넓어져 아이가 싫어하는 행동이나 음식을 강요하는 것 역시 학대가 된다. 물론 극단적으로 말하면 아이가 원하는 대로 밥 대신 달콤한 사탕이나 초콜릿만 먹이는 것도 학대일 수 있다. 어느 정도까지 강제할 것인지 혹은 아이의 의사를 존중할 것인지는 많은 부모가 저마다 다른 가치관을 가지고 있어 첨예하게 대립하는 문제다.

아이가 스스로 편식 습관을 바로잡을 거라 기대하기는 힘들다. 무엇이 올바른지 모르는 철부지 아이의 요구를 다 들어준다면 좋은 부모는 될 수 없다. 지금은 무엇을 먹일지의 문제지만 10년 뒤에는 학원을 보내는 문제나 진학 문제로 같은 고민을 하게 될 것이다.

몇 년 전 지인에게 어린이집 학대에 관한 제보를 받았다. 방송사 후배 기자에게 부탁해 세상에 알렸고, 국내 거의 모든 방송과 인터넷 뉴스에서 다룰 정도로 제보는 대형 이슈가 되었다. 당시 어린이집 교사는 말을 듣지 않는 아이의 두 손을 끈으로 묶어 움직이지 못하게 했다. 그 보도로 교사는 해고당했고 경찰 조사를 받았다. 제보자는 교사가 어떻게 아이의 두 손을 묶을 수 있느냐며 분노했다. 아이를 직접 낳아 키워보니 내 자식에게 그런 일이 생긴다면 이성적으로 대처할 수 없을 것 같다는 생각이 들었다. 그러면서도 한편으론 가해 교사의 마음이 아주 조금은 이해되었다. 아이마다 조금씩 차이는 있지만 물리적인 힘이 아니면 통제할 수 없는 순간이 종종 온다. 반항적인 아이는 "말을 듣지 않으면 벌을 준다"는 경고에도 눈 하나 꿈쩍하지 않고 미운 짓만 골라 한다. 아이들이 매순간 귀엽고 사랑스럽기만 한 건 아니다.

한번은 율이가 무릎을 꿇고 두 손을 드는 시늉을 해서 깜짝 놀랐다. "율아, 왜 그래?" 하고 물어보니 "선생님이 시켰어요"라고 답했다. 서늘해진 가슴을 붙잡고 몇 날 며칠 동안 율이가 어떤 상황에서 왜 벌을 받았는지 반복해 물었다. 아이가 부모에게 선생님의 체벌 사실을 알리면 고민하지 않고 즉각 교사에게 따져 묻는 부모가 많다고 들었다. 그런 행동이 매우 경솔한 조치라는 주의를 하도 들어서 조심스러웠다.

"선생님이 왜 율이를 벌줬어?"

"내가 먼저 수정이를 때렸어요."

처음에는 선생님이 벌을 줬다는 말만 하던 율이가 마침내 자기 잘못을 시인했다. 아이들은 자기에게 불리한 얘기를 잘 하지 않는다. 물론 그럼에도 체벌을 할 수밖에 없었던 선생님에 대한 서운함은 가시지 않았다.

아이를 키우다 보면 아주 사소한 부분에서 의견 충돌이 발생한다. 아이를 돌보는 직업이 로켓을 개발하거나 노벨상을 받는 것만큼 어려운 기술이나 지식을 필요로 하는 건 아니지만 그렇다고 쉽게 무시할 일도 아니다. 가정과 어린이집 사이에 보육 기준의 차이가 발생한다면 아이 또한 혼란스러울 것이다. 그 차이를 서로 어느 선까지 인정하고 받아들일 수 있는지, 합의점이 필요할 경우 어떤 방법으로 해결을 시도할지는 정말 어려운 숙제다.

너를 만나는 하루 세 시간

"하루에 아이들 보는 시간이 세 시간도 안 되죠?"

요즘 내 주변 사람들을 만나면 관심사가 온통 육아에 있다는 걸 알게 된다. 사회적으로 맞벌이 부모의 육아 공백에 대한 문제가 심각하게 조명되는 터라 이런 관심이 쏟아지는 게 좋은 변화라고 느낀다. 또래의 젊은 엄마 아빠도 그렇지만 오래전 출산과 육아를 경험하고 자녀들을 성인으로 키워낸 선배 세대도 맞벌이 부모를 지지하고 응원해주고 있어 고마운 마음이 든다.

사무실에서 최대한 긴 시간을 앉아 일하고 일과 관련한 회식, 미팅에 개인 시간을 쓰는 것이 성과로 평가받는 시대. 기자라는 직업은 더더욱 일과 삶의 경계를 무너뜨린다. 몇 년 새 이런 인식이 많이 개선되었지만 6시 칼퇴근을 지키는 팀원을 이기적으로 보는 눈은 여전히 존재한다. 많은 공공기관이나 대기업은 금요일 단축근무를 시행하지만 극히 일부의 얘기다.

주 52시간 근무제가 시행된 뒤 내가 다니는 회사도 분위기가 차츰 바뀌었다. 중소기업은 유예기간이 있지만 사회적 변화를 무시할 수는 없었던 것이다. 요즘은 사무실 야근이 거의 사라졌다. 그렇다고 일이 줄어든 건 아니다. 칼퇴근하고 집에 가서 남은 일을 마무리하곤 한다. 아이들과 함께 깨어 있는 세 시간 남짓을 일하는 데 쓴다.

문득 하루 중 아이와 같이 보내는 세 시간을 평생으로 환산하면 얼마일까 궁금했다. 20년을 함께 산다고 가정해도 2년 반. 너무 짧아 충격이었다. 주말에는 잠자는 시간을 제외하고 14시간을 함께 있지만 청소년기가 되면 종일 학교와 학원을 오가거나 친구를 만나러 갈 테니 오히려 시간은 더 줄어들 것이다.

우리가 함께 보낼 시간은 너무 짧다. 회사에서 일하는 동안에는 '집에 가면 정말 열심히 놀아줘야지' 하고 다짐하지만 막상 들어가면 힘들다는 이유로 아무것도 해주지 못한다. 오늘 다짐하고 내일 후회하는, 반복되는 육아의 일상이다.

아이들에 대한 모성애와 책임감은 어느 날 갑자기 기적같이 찾아오지 않았다. 첫아이가 태어났을 때는 모든 것이 어설프다 못해 엉망진창이었다. 하루하루 점점 높아지는 산을 넘는 기분이었다. 아이는 예쁘고 귀여웠지만 지친 몸과 마음을 충전하는 것이 내겐 더 중요했다. '왜 나만 힘들어야 하지?' '아이가 정말 행복을 주는 존재가 맞나?'라는 의심이 끊임없이 들었다.

아이에 대한 사랑은 이슬비에 옷이 젖듯 느리게 자랐다. 나를 보며 웃기 시작한 입, 눈을 마주치고, 옹알이로 대화하고, 엄마 아빠를 부르고, 내 손에 의지해 세상에 첫발을 내딛는 모습을 보면서 우리 삶은 오로지 이 아이를 위해 존재해온 게 아닌가 싶을 때도 있었다. 퇴근하고 현관문을 열었을 때 나를 향해 뛰어오는 아이들의 모습은 마치 이 순간의 행복이 고된 삶을 견딜 수 있게 한 이유인 것 같은 생각마저 들게 했다. 아이들의 웃음과 행복을 지켜주기 위해서라면 세상 무슨 일이라도 할 수 있을 것 같았다.

아이들의 모습은 매일매일 새롭다. 아이들은 한나절 떨어진 짧은 시간 동안에도 성장한다. 그렇기에 아이와 함께하는 세 시간은 특별할 수밖에 없다. 울고 떼를 쓰다가도 놀이터만 가면 금세 행복해지는 게 아이들의 단순함과 순수함이다. 유럽에서는 단축근무 확산으로 하루 6시간만 근무하는 게 보편화되었다는 다큐멘터리를 보고 정말 부러웠다. 현대사회를 사는 맞벌이 부모에게 필요한 건 한 달 10만 원의 양육수당보다 아이와 더 많은 시간을 보낼 수 있는 '시간 복지'다.

점심에 간단히 샌드위치를 먹더라도 퇴근 시간을 두 시간 앞당겨 아이들을 일찍 볼 수 있다면 출산과 육아로 인한 여성의 경력 단절 문제는 조금은 해결될 것이다. 물론 월급은 줄어들지 않는다는 전제 아래서. 이런 변화가 우리 세대에는 이뤄지지 못할지라도 율이와 솔이가 어른이 되었을 때는 현실화되어 있기를 희망한다.

요즘 우리는 헤어질 때 하는 말이 있다.

"우리는 같이 있지 않아도 헤어진 게 아니야. 각자 하루를 열심히 살고 저녁에 다시 만나자."

한때 첫째는 "어린이집에 가면 엄마가 너무 보고 싶어"라는 말을 자주 해서 마음을 졸이게 했는데, 요즘은 "어린이집에서 재밌게 놀 테니 엄마도 열심히 일해. 각자 최선을 다하고 저녁에 다시 만나!"라고 말한다. 처음 아이에게 그 말을 들었을 때는 눈물이 날 뻔했다. 씩씩하고 강한 아이, 작은 천사들에게 응원을 보낸다.

율이와 솔이가 좋아하는 뮤지컬 〈구름빵〉에는 이런 대사가 나온다. 일하러 간 엄마를 기다리던 홍시가 인형과 주고받는 대사다.

"왜 이렇게 늦었어. 나를 잊었어?"

"아니야! 네가 보고 싶어서 달려왔어!"

"네가 나를 버린 줄 알고 무서웠어."

"우리는 떨어져 있어도 사랑하는 거야."

아이들을 즐겁게 해주려고 간 뮤지컬에서 오히려 내가 눈물을 펑펑 쏟으며 울고 말았다.

"엄마는 왜 회사에 가요?"

"네가 어린이집에 가는 것처럼 엄마도 사회생활이 필요해. 엄마도 회사에 가면 율이처럼 좋은 친구들이 많이 있단다."

아이는 어제보다 오늘, 오늘보다 내일 눈에 띌 정도로 쑥쑥 자란다. 어린이집 수료식을 마치며 담임교사가 써준 글은 막연하게 느끼던 불안의 해답이었다.

"정든 교실과 선생님, 친구들. 함께했던 시간을 마무리하고 새로운 만남을 준비할 때가 왔습니다. 친구들과 격려의 인사를 나누도록 지도해주세요. 한 학년을 끝까지 열심히 생활한 아이에게 칭찬을 아끼지 말고 지지해주세요. 아이들은 시간이 지나면 친구들과 선생님을 잊겠지만 함께 나눈 사랑을 기억하며 멋지게 자랄 것입니다."

중요한 순간은 미래나 과거가 아닌 지금이라는 것. 매일 저녁 다시 만나기 위해 우리는 각자의 자리에서 열심히 산다. 어린이집에서 어떤 친구와 재미있게 놀았는지, 누구와 다퉜는지, 선생님께 무슨 칭찬을 받았는지와 같은 사소한 이야깃거리들, 그리고 매일 반복되는 대화와 "사랑해"라는 말…. 어쩌면 자라면서 기억에서 사라질지도 모를 일상의 잔잔한 조각들이 모여 결국은 빛나는 삶을 만들 것이다.

아이 보려고 100킬로미터를 달렸어요

"여자가 너무 똑똑하면 회사에서도 부담스러워 해."

'부족하면 부족해서 안 되고, 잘나면 잘났다고 안 되고, 그 가운데면 또 어중간해서 안 된다고 하려나?'

조남주의 소설 《82년생 김지영》에 나오는 김지영은 육아로 인해 경력이 단절된 30대 여성의 보편적인 모습을 보여주는 인물이다. 김지영은 육아휴직이라는 제도 앞에서 자신이 여자 후배들의 권리를 빼앗는 것인지도 모른다고 생각했다. 주어진 권리와 혜택을 챙기면 날로 먹는 사람이 되고 악착같이 일하면 비슷한 처지에 놓인 동료들을 힘들게 만드는 사람이 되는 딜레

마. 고민 끝에 사직서를 내면 "이래서 여자는 안 된다"는 비아냥이 돌아왔다. 《82년생 김지영》에는 이런 말이 나온다.

"… 눈물이 났다. … 첫 직장이었다. 사회는 정글이고 … 합리보다 불합리가 많고 … 주어진 일을 해내고 진급하는 과정에서 성취감을 느꼈고 … 그런데 그 모든 것이 끝났다."

김지영은 비단 직장맘의 문제가 아닌 밀레니얼세대 여성 전체가 겪은 사회적 차별을 보여준다. 여고 시절 늦은 밤 골목길을 뒤따라오던 남학생을 피해 도망가다가 "존나 흘리다가 왜 치한 취급하냐?"라는 말을 듣는다. 다리에 힘이 풀려서 땅바닥에 주저앉은 김지영에게 대부분의 여성은 공감하지만 내 남편을 포함해 많은 남성은 의아하다는 반응을 보인다. 이런 '특이한' 일을 당하는 여자가 세상에 몇이나 있겠느냐는 것이다. 학창 시절 기억을 어렴풋이 떠올려봐도 바바리맨 같은 사건은 셀 수 없이 많았다. 택시 기사의 "남자친구랑 섹스 해봤냐"는 질문, 고속버스 옆자리에서 자위행위를 하던 중년 남성, 대낮 길가에 차를 세우고 같이 자달라고 말하던 남자…. 이런 미친 세상에 딸을 둘이나 낳은 나는 대역 죄인이다.

여성은 사회적 약자로 분류된다. 그런데 젊은 여성이 아이를 낳아 기르는 순간 계급은 더 내려간다. 직장맘이든 전업맘이든 아이를 동반했다는 이유로 민폐 덩어리가 되는 사회 아닌가.

2018년 여름, 각자 다른 조건에서 아이를 키우는 부모가 그룹 인터뷰에 참여하는 육아 기획을 진행했다. 인터뷰 참여자는 취재원으로 알고 지낸 직장맘 하나 씨, 첫째 율이 어린이집의 학부모였던 전업맘 나라 씨, 남편 친구의 전 부인인 싱글맘 지은 씨, 그리고 내 남편이었다.

하나 씨는 기자와 스타트업을 거쳐 소셜커머스기업에서 일하는 유능한 인재였다. 당시 21개월 된 딸이 있었는데 친정 엄마가 봐주었다. 매일 퇴근 후 아이를 보려고 서울 삼성동과 경기도 파주까지 왕복 100킬로미터를 운전해 다녔다. 주변에서 가장 흔히 보는 맞벌이 유형이다. 이렇게 열심히 살아도 그들 부부가 한 달 내내 저축하는 돈은 0원이다. 주택담보대출 원리금을 갚고 친정 엄마에게 아이 맡기는 대가로 매달 200만 원을 보내면 남는 돈이 없었다.

나라 씨는 두 아이를 낳기 전 큰 의류회사에 다녔다. 자기 일을 정말 좋아했기에 계속 일하고 싶어 했다. 하지만 회사는 법정 육아휴직 기간인 일 년을 다 줄 수 없다고 했다. 퇴사할 수밖에 없었다. 아이를 맡길 곳이 없으니 남편보다 수입이 적은 그녀가 그만둬야 했다. 자영업을 하는 남편은 평일 저녁과 주말에 비즈니스미팅이 많았다. 그녀는 41개월, 5개월짜리 두 아들을 키우며 모든 집안일을 혼자서 감당했다. 쉴 틈조차 없는데도 주변 사람들은 왜 젊은 나이에 다시 일할 생각을 안 하느냐고 묻곤 했다.

싱글맘 지은 씨는 딸이 만 두 살 되던 해에 이혼했다. 가장 막막했던 건 집이었다. 서울에 아이와 살 집을 얻는 게 생각보다 어려웠다. 최선의 선택은 경기도로 이사하는 것이었다.

"당시 심정은 사랑하는 사람과 이별하는 아픔보다 내 인생은 끝났구나 하는 절망이었어. 일하면서 혼자 아이 키우는 게 가능할까 하는 생계 문제도 걱정이었고…."

서울에는 밤늦은 시간까지 지자체가 무료로 운영하는 아이 돌봄서비스가 있었지만 새로 이사한 경기도 파주에는 그런 제도가 없었다. 직장생활 12년차, 승진하느냐 도태되느냐의 기로에 서 있는데 큰 사건이 터졌다. 딸을 데리러 가야 하는 시간인데 갑자기 중요한 클라이언트와 미팅이 잡혔다. 얼른 집으로 가서 딸이 좋아하는 두 시간짜리 영화를 틀어주고 최대한 빨리 미팅을 마치겠다는 계획을 세웠다. 하지만 결국 시간을 놓쳤다. 전화로 여기저기 도움을 요청했지만 허사였다. 늦은 밤 집으로 돌아왔을 때 혼자 울다 잠든 아이의 얼굴을 보고는 눈물을 쏟고 말았다. 더이상 버틸 이유가 없었다. 승진을 포기하고 야근과 주말 근무가 없는 부서로 지원했다. 지은 씨는 그 선택이 옳았는지 아직도 모르겠다고 말한다.

“아이는 부모나 환경 어느 것 하나 선택하지 않았는데 어른들에게 받는 상처가 너무 많았어. ‘엄마와 아빠는 다퉜어요’라고 끝내 아이가 대답하게 만드는 어른들에게 화가 나.”

유치원 행사 때 엄마와 아빠 손을 잡고 오는 아이도 있고 둘 중 한 사람과 오는 아이도 있다. 할머니나 할아버지 혹은 베이비시터와 함께 와도 이상하지 않은 것이 우리가 사는 사회다. 난민, 다문화, 장애인 문제는 모두 소수자에 대한 존중과 배려가 부족해서 생긴 문제다. 우리도 언젠가 사회의 소수자가 될지 모른다. 그 불안한 삶이 아이를 키우는 엄마의 인생이다. 하나 씨는 이렇게 말했다.

“아이를 낳는 삶, 낳지 않는 삶 둘 다 선택의 문제이고 각자 존중받을 가치가 있어요. 누가 더 힘들다는 말은 하지 않았으면 좋겠어요. 서로 미워하지 않고 배려하는 사회가 되었으면 해요.”

내 딸은 결혼하지 않았으면

부푼 꿈을 안고 사회로 내디딘 첫발, 월급 받아 성실히 저축한 돈으로 시작하는 사랑하는 사람과의 새로운 출발, 무럭무럭 자라는 자녀를 보며 밝은 미래를 그리는 중년…. 평범한 사람들이 생각하는 '행복의 기준'일지 모른다. 그러나 이제는 전과 같지 않다. 2030세대 가운데는 취업 시장에서 좌절하고 결혼과 출산 계획을 포기하는 이들이 부쩍 많아졌다. 청년이 희망을 잃은 이유는 무엇일까. 청년들의 이야기를 들어보고 기업과 정부, 사회가 함께 고민해야 할 과제를 제시하기 위해 〈머니S〉와 취업포털 〈인크루트〉가 2018년 봄 '2030세대 행복한가요?'를 주제로 설문조사를 진행했다.

직장맘 혜원 씨는 동트기 전 일어나 우는 갓난아기에게 분유를 먹이고 큰아이의 어린이집 책가방을 싼다. 그러곤 베이비시터의 일터이기도 한 집을 간단히 치우고 숨 가쁘게 출근길에 오른다. 저녁 무렵 지친 몸을 이끌고 퇴근해 다시 아이에게 밥을 먹이고 씻기고 더 놀아달라고 보채는 아이를 억지로 재우고 나면 자정이 되어서야 겨우 몸을 눕힐 수 있다. 주말도 온전히 자신의 것이 아니다. 양가 부모님은 2주가 멀다 하고 손주들이 보고 싶다며 한 시간 거리의 본가로 와달라고 성화다. 회사에서도 집에서도 최선을 다했지만 들려오는 말은 매몰찼다.

"여자들은 집안일만 챙기고 이기적이야."

'결혼은 의무' '출산은 애국'이라며 결혼과 출산을 강요당하는 여성에게 사회와 국가, 부모 세대의 배려는 어느 정도일까. 〈인크루트〉의 설문 결과 응답자 대다수는 금전적인 문제, 일과 가정의 불균형, 직장 내 불이익 등을 이유로 결혼과 출산에 부정적 인식을 보였다.

"당신의 결혼·출산 여부와 관계없이 결혼·출산이 반드시 필요하다고 생각합니까?"라는 질문에 "아니요"라고 답한 사람은 65.2퍼센트였다. 필요하다는 응답자의 무려 두 배다. 결혼과 출산이 불필요하다고 생각하는 가장 큰 이유는 '금전적 문제'였다. 전체 응답자의 25퍼센트다. 그다음으로 '시집·처가 갈등 등 결혼문화에 대한 부담'이 20.4퍼센트, '자녀 교육에 대한 불안'이 13.9퍼센트, '일과 가정의 불균형'이 13퍼센트, '육아휴직 등 제도 미비'가 9.1퍼센트, '직장 내 불이익'이 5.9퍼센트 순이었다.

반면, 결혼과 출산이 필요하다고 생각하는 이유는 '사랑하는 사람과 행복한 삶을 살기 위해'가 61.3퍼센트, '출산과 양육은 삶의 가치를 높이는 일이므로'가 23.7퍼센트, '외로운 노후 삶에 대비'가 7퍼센트, '부부의 경제적 결합'이 3.1퍼센트, '의무나 관습에 따라'가 2.1퍼센트, '비혼자에 대한 사회의 편견과 차별 때문'이 1.7퍼센트였다.

아이 낳은 것을 후회한 적은 없지만, 만약 내 딸들이 반드시 결혼하기를 원하는지 묻는다면 "노"라고 답하고 싶다. 사람들의 인식이 아무리 진보했다 하더라도 여전히 사회는 일하는 여성, 엄마에게 보이지 않는 폭력을 가한다.

이번 조사에서 눈에 띈 점은 결혼과 출산이 불필요하다고 생각하는 이유 가운데 '결혼문화에 대한 부담'이 높은 응답률을 보였다는 것이다. 가장 보편적 원인으로 지적된 금전적 문제와 비등한 응답률인 데다 직장 내 문제나 자녀 교육 문제와 비교해도 훨씬 높았다. 맞벌이하는 여성에게 전업주부와 같은 수준의 집안일과 육아, 제사 준비를 요구해 시집과 갈등을 겪는 일이 사회문제로 불거지기도 했다. 웹툰 〈며느라기〉나 텔레비전 프로그램 〈이상한 나라의 며느리〉가 괜히 돌풍을 일으킨 게 아니다.

이상적인 자녀 양육을 위해 가장 필요한 것을 묻는 질문에는 32.6퍼센트가 근무시간 단축 같은 '일과 가정의 양립'이라고 답했다. 이어 '주거 안정'이 22.3퍼센트, '임금 인상'이 13.7퍼센트, '직장 내 양성평등'이 13.2퍼센트, '출산·육아 지원금 확대'가 10.6퍼센트, '신뢰 있는 교육정책'이 3.5퍼센트 순으로 나타났다.

또 응답자의 63.5퍼센트는 '신혼부부 임대주택' '출산·육아 지원금' 같은 사회보장제도의 확대를 원했고, 이를 위해 세금을 더 많이 낸다고 해도 기꺼이 찬성하겠다고 답했다. 일과 가정생활의 괴리는 많은 여성의 경력 단절 문제를 낳고 이는 곧 사회적 자산의 낭비로 이어진다. 정부가 기업에 대한 출산·육아휴직 지원금을 늘리고 시간제 공공일자리를 확대하는 것은 이런 여성의 경력 단절 문제를 해결하기 위해서다. 여성의 권리가 많이 신장되었다고는 하지만 여전히 여성은 집안일이나 육아를 잘하면 본전, 못하면 욕을 먹는다. 그러나 남성은 반대다. 아이 돌보는 아빠에게 엄지손가락 치켜세우는 세상이다. 그러고 보면 현대사회의 저출산이 문제라고 주장하는 주체는 기득권을 가진 남성이나 국가뿐이다. 양성 평등의 문제, 미래의 일자리 부족 문제, 지구 환경의 지속가능성 등을 생각한다면 어쩌면 출산은 인류의 재앙일지도 모른다.

평범한 그녀는
왜 부동산에 미쳤나

얼마 전 이메일 제보가 왔다.

"모 부처 고위 공직자의 부동산 투기를 고발합니다."

제보자와 약속한 장소는 하필 택시비가 3만 원이나 나오는 경기도 외곽이었다. 택시 기사님도 찾지 못하는 곳을 한 시간 넘게 헤매다가 어렵게 찾았다. 제보자 A는 나보다 나이가 아홉 살 어린 젊은 엄마였다. 큰아이가 솔이와 동갑이고 배 안에는 14주 된 둘째가 있었다. 보는 순간 동질감과 연민을 느꼈다. 무거운 몸으로 어린 자녀를 키우느라 정신없을 젊은 여자가 무슨 사연으로 고발 사건에 연루돼 소송이라는 짐까지 짊어지게 되었을지 궁금했다.

그녀는 약 2년 전 서울의 한 아파트 분양에 당첨됐다. 무주택자 신혼부부인 데다 자녀가 있어서 많은 정책적 혜택을 받았을 것이다. A는 전매 금지규정을 어기고 분양권을 팔았고, 프리미엄을 1000만 원이나 챙겼다. 그런데 6개월 뒤 아파트 분양권은 5억 원 이상 올랐다.

A는 이성을 잃었다. 5억 원 이상 오른 분양권을 5000만 원도 아닌 겨우 1000만 원이라는 헐값으로 넘겼으니 말이다. 얼마나 자신의 어리석음을 후회했을까. 부부싸움도 했을지 모른다. 5억 원은 젊은 직장인 부부가 수십 년을 일해도 모으기 힘든 돈이니까. A는 계약 파기를 요구했고 상대방은 위약금 1억 5000만 원을 청구했다. 그리고 소유권을 이전해달라는 민사 소송을 제기했다. 상대는 정부부처 중에서도 가장 권력이 세다는 법무부의 고위 공무원이었다.

정부가 다주택자 투기에 대한 규제를 강화하는 시국에 고위 공무원이 아파트 투기에 불법 전매까지 했다며 A는 매수인을 협박했다. 그러고는 매수인이 공직 윤리에 반하는 아파트 투기를 했다는 내용의 투서를 뿌렸다. 하지만 불법 전매는 매수인이 아닌 매도인만 처벌하기 때문에 전매에 대해서는 알릴 수 없었다. 매수인은 현재 내부 감찰을 받고 있다.

두 사람은 정부 단속을 피하려고 계약서도 쓰지 않았다. 계약금은 송금이 아닌 현금으로 주고받았다. A는 심지어 증거가 없으니 법정에서는 계약금을 받지 않았다고 주장할 생각이라고 했다. 자칫 감옥에 갈 수도 있다는 사실을 모르는 걸까. 자기 운명에 두 어린 자녀의 미래가 달렸음에도 오로지 5억 원에 눈이 먼 그녀는 이길 수 없는 소송을 벌이며 이렇게 말했다.

"오해하지 말아주세요. 저는 사익을 위해 싸우는 게 아니에요. 비리 공무원이 제 소중한 집을 사는 것을 원하지 않아요. 그건 사회 정의에 반하는 일이잖아요?"

예쁜 얼굴을 한 그녀가 괴물로 보였다. 내면의 괴물은 누구에게나 있을 수 있다. 사회적 체면 때문에 감추고 사는 것일 뿐. 하지만 부모라면 자녀에게 부끄럽지 않은 삶을 보여주어야 할 책임이 있다. 한순간의 욕심으로 양심을 저버려서는 안 된다. 태중의 아기와 솔이 또래의 아이를 생각하면 안타까운 마음이 가시지 않는다.

부부싸움 후의 남은 일: 남편의 이야기

"그래, 다 내 잘못이다."

아이를 키우면서 우리 부부는 정말 많이 싸웠다. 싸운 이유는 기억할 수 없을 만큼 많다. 싸움 끝엔 누구 잘못이냐를 따졌고 결국 내 잘못으로 결론 나기 일쑤였다. 누구 잘못인지 따져봤자 무슨 소용일까 싶지만.

아이들이 보고 있을 때만은 싸우지 말자고 매번 다짐하고 서로 약속했는데도 막상 나쁜 상황이 닥치면 결심이 무너졌다.

"아빠, 오늘 산 새 장난감 뜯어줘."

"지금 11시라 늦어서 안 돼."

"당신 보고 있는 텔레비전이나 먼저 꺼!"

아내의 쏘아붙이는 말에 기분이 나빠 뚱해 있다가 주말 내내 서로 아무 말도 하지 않았다. 그러는 사이 아내는 혼자서 아이 둘을 데리고 동물원에 다녀왔다. 동물원에 다녀온 첫째가 엄마를 잃어버렸다는 얘기를 하는데 가슴이 철렁했다. 그런 일이 있었는데도 아내는 내게 어떤 설명이나 사과도 하지 않았다. 그날 밤 주말 당직근무로 늦은 시간까지 일하는 아내에게 아이들이 같이 자자고 매달렸다. 아내는 매몰차게 "안 된다"며 아이들을 떼어놓았다. 결국 또 싸움이 시작됐다.

싸움의 근본 원인을 해결하지 못한 채 그때그때 상황만 모면한 탓에 감정만 점점 쌓였다. 그러다 보니 금세 예민해졌고 싸움은 반복되었다.

부부싸움을 하고 나서는 수없이 후회하지만 퇴근 후 다시 육아 모드로 돌아가면 언제 그랬냐는 듯 마음은 날 선 상태가 되어버렸다. 몸이 피곤해서 그럴 수 있다고 합리화하다가도 '내게 육아 자격이 없는 건 아닐까' 싶은 고민에 빠지곤 한다.

어느 날은 율이가 울면서 "엄마 아빠 제발 싸우지 마!" "너희들, 미안해 해, 사과해!"라며 소리친 적이 있다. '아차' 싶었다. 어느 틈에 부쩍 커서 이런 말까지 하는 아이에게 미안하고 부끄러웠다. 부모에게서 봤던 안 좋은 모습을 다시 내 아이들에게 반복해 보여주고 있다는 생각이 들었다. 이미 엎질러진 물을 다시 주워 담을 수는 없겠지만 그래도 만회할 방법을 고민했다. 그래서 생각해낸 방안 중 하나가 싸운 뒤 화해하는 모습을 아이들에게 보여주자는 것이었다. 아이들도 자매끼리 혹은 친구끼리 싸우고 나서 화해하는 방법을 배우니 우리가 모범이 되어 보자고 했다.

그동안 우리는 싸우고 나서 아무 일도 없었다는 듯 행동했는데, 어쩌면 그게 아이에게 큰 상처와 혼동을 주었을지도 모른다. 그래서 지금은 싸우고 난 뒤에 반드시 아이가 보는 앞에서 화해한다. 서로 "미안해" "괜찮아" 하며 의무적으로라도 화해의 몸짓을 취하는 것이다. 이게 옳은 방법인지는 모르겠지만, 안 하는 것보다는 나은 최선의 방법일 거라며 우리는 서로를 위안한다.

3장

넘어진 아이를 일으키는 법

독립적인 아이로 키우기

두 팔이 없는 장애아가 수차례 실패와 도전을 통해 밥 먹는데 성공한 사진이 인터넷을 떠돌았다. 세 살 남짓 되어 보이는 아이는 숟가락을 발가락으로 집어서 입으로 가져가는 불편함에도 찡그리기는커녕 해맑게 웃었다. 아이의 엄마가 밥 먹는 것을 도와주지 않고 기다려주는 게 정말 대단해 보였다.

친구들과 아이를 데리고 카페에 가면 첫째 율이는 번번이 사고를 쳤다. 높은 계단을 오르다가 구르기도 하고 이리저리 넘어지는 건 예사였다. 그때마다 친구들은 놀라서 소리를 질렀다.

"애가 넘어졌는데 엄마가 눈 하나 꿈쩍 안 하네!"

넘어진 율이를 일으켜 세우던 친구가 혀를 찼다. 돌이 막 지나 걸음마에 자신감이 붙은 아이는 한시도 눈을 뗄 수 없다. 힘든 것을 떠나 위험천만한 일이 계속된다. 아무리 잘 돌봐도 잠깐 한눈을 판 사이 예외없이 사고가 일어난다. 졸졸 따라다니며 지켜보면 조그만 몸으로 넘어지고 다시 일어서는 모습이 기특하기도 하지만 불안해서 차라리 눈을 감고 싶을 때가 한두 번이 아니다. 이런 과정을 반복해 겪으며 부모는 마음이 단단해진다. 어른들이 걱정하는 것보다 아이는 아무렇지 않게 몸을 일으키고 다시 앞으로 나아간다. 아이들은 조금씩 자주 다쳐야 큰 부상을 입지 않는다고 한다. 주변을 보면 살을 꿰매거나 수술을 받을 정도로 크게 다친 아이들이 더러 있지만, 그렇다고 부모의 잘못이라고 몰아세울 수는 없다. 아이와 부모에게 그저 운이 나빴을 뿐이다. 큰 부상을 입지 않은 내 아이는 운이 좋았던 것이고.

아이가 다치는 것만큼 힘든 게 밥을 먹이는 노동이다. 혼자서 숟가락을 붙잡을 시기가 오면 아이는 이런저런 다양한 방법을 시도한다. 부모의 도움을 거부할 때다. 사실 엄마 입장에서는 먹여주는 게 편하다. 아이 혼자 먹는 법을 터득할 수 있도록 기다려주는 건 보통 인내심이 필요한 게 아니다. 10분만 내버려

두어도 온 집 안이 밥알 천지가 된다. 하루에 이불빨래를 여러 번 해야 할 수도 있다. 밥 한 끼 먹이는 것이 전쟁이라 다 먹이고 나면 힘이 빠져 아무것도 할 수 없을 때가 많다.

아이의 자율을 보장하면 몇 배의 수고로움이 뒤따른다. 할 일이 산더미같이 쌓였는데 아이의 서툴고 답답한 행동을 기다릴 수만은 없는 노릇이다. 그러니까 부모가 아이를 도와주는 건 아이를 편하게 해주려는 게 아니라 바닥에 흘린 밥알을 치우기가 귀찮고 짜증 나서다. 생각을 바꾸면 아이의 도전 자체가 대견한데 말이다. 숟가락 잡는 법이 잘못돼 입안으로 넣는 것보다 흘리는 게 태반이지만 아이는 손으로 집어삼키거나 강아지처럼 그릇에 입을 대고 먹는다. 알아서 방법을 찾는 것이다.

나는 시간이 있다면 기다려주자는 마음으로 출근 시간 자기 손으로 양말을 신겠다고 버둥대는 아이를 10분 넘게 내버려두기도 한다. 수십 번 반복되는 실패를 보다가 답답해서 소리를 지를 지경이지만, "도와줄까?"라고 물으면 어떤 날은 "싫다"고 했다가 어떤 날은 "좋다"고 한다.

처음으로 아이가 부쩍 컸다고 느낀 순간은 율이의 첫 어린이집 운동회 날이었다.

"우리는 넘어져도 울지 않겠습니다. 친구가 넘어지면 일으켜

주겠습니다."

선서문을 든 어린이 대표의 두 손은 고사리같이 작았지만 목소리는 힘찼다. 내 아이가 아닌데도 어찌나 기특한 마음이 드는지 코끝이 찡했다. 그때는 율이가 두 돌이 되기 전이어서 공동체 생활이 서툴렀다. 내 아이는 언제 저렇게 의젓하게 클까 싶었다. 그런데 시간이 흐르니까 내게도 그런 날이 왔다. 어느 날 어린이집을 찾았다가 깜짝 놀랐다. 율이가 신발장에서 자기 신발을 꺼내 스스로 신고 넘어진 친구를 일으켜주며 기다리는 게 아닌가. 집에서는 아직도 떼쓰고 투정만 부리던 아기인데 어느새 이렇게 의젓해진 걸까. 하루 10시간 가까이 떨어져 있는 동안 갑자기 커버린 느낌이었다. 아이와 함께하는 시간에는 최선을 다하겠다고 다짐하게 된다.

한때는 바닥에 누워 자기 목 하나 가누지 못하던 아기가 자라서 자전거 페달을 밟으며 앞으로 나아가는 모습은 감동을 넘어 신비로운 느낌까지 준다. 얼마 전엔 율이 어린이집에서 첫 학예회를 열었다. 천방지축이던 아이가 음악에 맞춰서 친구들과 똑같은 율동을 하고 여러 선생님 앞에서 자기소개를 하는 모습은 말로 표현할 수 없는 감동이었다. 육아는 3년이 아니라 30년을 해도 정답이 없다고 한다. 부모가 어디까지 보호하고 관여해야 하는지는 아이들이 성장해서 독립하는 날까지 평생 고민할 숙제 아닐까.

요즘은 부모가 자녀의 시험 범위를 놓고 함께 공부하고 토론이나 인터뷰 연습도 도와준다. 스터디맘까지 고용하는 시대다. 자녀를 한 명이나 두 명만 낳아서 키우다 보니 보호가 가능한 범위를 최대한 넓히는 게 부모의 올바른 역할이 되었다. 방임 육아가 좋다고 주장하는 건 뒤떨어진 생각이 된 지 오래다. 그럼에도 율이와 솔이를 자유롭게 키우려고 노력하는 건 내면이 강한 어른으로 자랐으면 하는 마음에서다. 사고나 범죄, 차별…. 모든 것이 예측 불가능한 불안한 세상을 살아가는 아이가 수없는 선택의 기로에서 스스로 의사결정을 내릴 수 있는 어른으로 자랐으면 하고 간절히 바란다.

딸아, 아픈 것도 성장이란다

한 손에는 노트북 가방과 어린이집 가방, 다른 한 손에는 택시에서 잠든 아이의 신발 그리고 16킬로그램이나 나가는 솔이를 안고 두 번의 번호표 뽑기와 수납을 마쳤다. 대기 시간만 두 시간이 걸렸다. 팔이 떨어져 나갈 듯 아팠다.

서울대 어린이병원 응급의료센터는 갈 때마다 다시는 오고 싶지 않다고 다짐하는 곳이다. 일반 병원에서는 볼 수 없는 중증 환자와 작은 몸에 꽂힌 수십 개의 주삿바늘, 장애로 얼굴이나 몸이 일그러진 아이…. 저 아이들의 부모는 어떤 심정일까. 내 아이가 아니라 감사하다는 마음이 들면서도 그런 마음을 갖는 게 그들에게 죄를 짓는 기분이다. 언젠가 나도 혹은 내 아이도 불행한 사고의 당사자가 될지 모른다.

부모가 되어보니 알았다. 내 아이가 아무리 끔찍한 장애를 갖고 태어나도, 세상 사람이 다 손가락질하는 살인자라 할지라도 부모에게는 보물 같은 존재라는 것을. 지금 내 품에 안겨 잠든 이 작은 아이가 나를 너무 힘들게 해도 지킬 수만 있다면 무슨 일이든 하고 마는 게 부모다. 아이에게 부모는 세상의 전부이자 우주 같은 존재다. 그 책임감이 어떤 고통도 견뎌내게 하는 강한 힘을 준다.

서울대병원은 일반 병원의 진료 의뢰서가 있어야 갈 수 있는 3차 의료기관이다. 작은 감기로 갔다가 의사에게 동네 병원으로 가라는 핀잔을 들은 적도 있다. 그곳에서 우연히 만난 중증 어린이 환자들을 보면 나도 모르게 숙연해진다. 율이와 솔이는 이런 서울대병원을 밥 먹듯 드나들었다.

율이와 솔이가 가장 심하게 아팠던 기억은 각각 생후 100일과 25개월 무렵 폐렴으로 한꺼번에 입원했을 때다. 의사 표현이 보다 정확해진 율이는 링거주사를 거부했다. 나와 남편, 간호사 세 사람이 율이의 팔다리를 붙잡아 강제로 주삿바늘을 꽂았다. 발버둥치던 아이를 병원 사람들이 빙 둘러싸고 구경하는 지경이었다. 힘들게 링거주사를 꽂으면 율이는 손으로 잡아 빼거나 입으로 물어뜯었다. 입원실 바닥에 피가 뚝뚝 떨어졌다. 입을 벌려 약을 먹이면 뱉는 것도 모자라 혀에 남은 것을 손톱으로 긁어내던 아이다.

아이들이 어린이집 생활을 시작하면서는 연중 절반을 병원에 들락거렸다. 몸도 마음도 지칠 수밖에 없었다. 아이는 컨디션이 나아질 만하면 다시 아팠다. 회사일이 많을 때는 전부 내동댕이치고 도망치고 싶은 심정이었다. 밤새 아이가 콜록대는 소리를 듣고도 돌볼 마음의 여유가 없어 등을 돌리고 이불을 뒤집어 쓴 적도 있다.

'내가 아이를 잘 키우고 있는 걸까.'

'누군가 지금 내 모습을 보면 자격 없는 부모라고 비난하겠지.'

하루에도 수십 번씩 자책했다. 회사에 출근하는 것보다 온종일 아이를 돌보는 게 더 힘들겠지만, 그래도 아이의 성장 과정을 매일 함께하는 친구들이 부러웠다.

첫째 율이가 유난히 떼를 쓰던 어느 날은 화를 내며 출근했는데, 한 시간도 되지 않아 담임교사로부터 전화를 받았다. 율이를 데리고 병원으로 가달라는 연락이었다.

"아이가 오래 잘 버텼네요. 다른 아이 같으면 힘들어했을 텐데. 어머니, 많이 바쁘셨어요?"

의사가 나를 질책했다. 아프니까 어린이집에 가기 싫었던 거였다. 핑계가 아니라 너무 바빠서 아픈 신호를 알아채지 못했다. 체열만 쟀어도 알아챘을 텐데. 몸이 힘든 것도 문제지만 조바심이 나니까 더 정신이 없었다.

"아프니까 엄마가 더 보고 싶어서 울었어."

병원에서 돌아오는 길에 율이가 나를 원망했다. 어쩌자고 이 어린 딸을 맡기고 일을 하겠다고 했을까.

밤새 기침하는 아이를 보면서 많이 미안했다. 퉁퉁 부은 눈과 지친 얼굴.

'내가 힘든 만큼 너도 힘들었겠지.'

'그래도 언제까지 내 품에서만 키울 수는 없으니까.'

남들보다 시기가 조금 이를 뿐 우리가 같이 이겨내야 하는 과정이라며 애써 마음을 다잡았다. 살면서 결정한 선택이나 행동을 후회한 건 모두 아이와 관련된 일에서였다.

다시 잘해보자고 다짐하면서도 또 후회할 결정을 하는 건 아닌지 마음이 아린다.

베이비시터와 CCTV

친정 엄마, 시어머니, 베이비시터 중 어느 보조양육자를 선택할지에 대한 문제는 모든 맞벌이 부모가 가진 최대 고민이다. 대다수 육아 전문가나 주변 사람 모두 가장 믿을 만한 보조양육자로 조부모를 꼽는다. 생판 모르는 남에게 아이를 맡기면서 불안하지 않은 부모가 있을까. 하지만 여러 사정으로 조부모 양육이 힘든 경우가 많다. 육아는 고된 육체노동이다 보니 최근에는 나이 든 조부모의 육아가 부모자식 간 갈등을 일으켜 사회문제로도 조명된다.

첫아이를 임신했을 때부터 지금까지 한 번도 양가 부모님에게 아이 맡기는 문제를 고민해보지 않았다. 출산 후 두 달 만에 다시 일하게 돼 발등에 불이 떨어졌을 때도 마찬가지였다. 우리는 조금도 고민하지 않고 베이비시터를 택했다. 마음에 쏙 드는 베이비시터는 세상에 있을 수 없다고 생각하면 기대가 낮다. 부모님만이 아니라 나 자신도 내 아이를 온전히 돌보는 게 불가능하니….

갓난아기를 베이비시터에게 맡기려고 준비하면서 가장 두려웠던 건 사고였다. 베이비시터가 아무리 능력 있고 좋은 분이라도 100퍼센트 아이의 안전을 보장할 수는 없으니까. 부모가 돌봐도 아이는 다치거나 사고가 난다. 경험이 쌓이면 큰 사고를 예방하는 요령은 생기겠지만, 그렇게 따지면 오히려 경험 많은 베이비시터가 부모보다 안전하다.

CCTV가 필요하다고 생각한 건 베이비시터를 신뢰하지 않아서가 아니라 만약의 사고가 발생했을 때 아이를 대변할 수 있는 증거가 되기 때문이다. 일하면서 아이를 보고 싶은 마음도 컸다. 그런데도 생후 두 달짜리 아이를 돌보는 일이 체력적으로 힘든 데다 스트레스를 받는 게 당연하므로 베이비시터에게 차마 CCTV를 설치하겠다는 말이 쉽게 떨어지지 않았다. 감시 용도로 오해받을까 봐 걱정도 됐다.

'선생님, 일하는 동안 아이가 보고 싶을 것 같아서 거실에만 CCTV를 설치하고 싶은데 의견이 다르다면 따르겠습니다.'

문자를 수도 없이 썼다가 지웠다.

"내 목숨만큼 소중한 아이를 돌봐주는 분인데, 경험자니까 믿어보자."

남편과는 그렇게 의견을 나누었다. 복직 후 동료나 선배들에게 얘기하니 다들 펄쩍 뛰었다.

"애가 잘못되고 나서야 후회할 거니?"

"CCTV는 허락받고 다는 게 아니야."

이런 말을 들으면 가뜩이나 걱정 많은 나는 흔들렸다. 직접 경험해본 건 아니지만 베이비시터를 불신해서 CCTV를 설치하는 경우 문제가 고스란히 터졌다. 때마침 매스컴에서 베이비시터와 CCTV 문제를 심각하게 다뤘다. 인터넷에 달린 수만 개의 댓글을 밤새 읽었다. 회사에서 일하던 아기엄마가 CCTV를 보다가 베이비시터에게 "스마트폰 그만 보고 아이에게 집중해주세요"라고 간섭해 충돌한 일이 있고, "기저귀를 바닥에서 갈지 말아주세요" 같은 잔소리가 도를 넘는다는 제보도 있었다.

"회사원도 틈틈이 스마트폰 보면서 쉬잖아요. 상사가 책상에 CCTV 설치해놓고 실시간으로 감시하면 누가 좋겠어요?"

익명의 베이비시터 인터뷰는 수긍이 갔다. 가슴에 손을 얹고 엄마가 직접 육아를 한다 해도 온종일 아이에게 완벽히 집중하기란 힘들다. 아이가 울어도 설거지를 다 끝낸 뒤에 들여다볼 때가 있고 스마트폰을 보느라 몇 시간째 육아를 게을리하는 날도 있다.

여러 시행착오를 겪은 끝에 결국 둘째 때는 CCTV를 설치하기로 했다. 정부가 운영하는 아이돌봄서비스를 통해 선생님을 소개받았는데, 다행히 CCTV 설치를 권장하는 분위기였다. 선생님 입장에서도 CCTV가 있는 게 일하는 데 더 편하다고 했다.

초반에는 회사에 출근해서도 틈만 나면 스마트폰으로 CCTV에 접속했다. 일을 하다가 문득 아이 생각이 나면 30분이고 한 시간이고 들여다봤다. 거실을 부지런히 기어 다니는 모습, 베이비시터 품에 안겨 젖병을 빠는 모습을 가만히 보고 있으면 마치 아이와 같은 공간에 있는 것 같은 기분이 들었다.

그렇지만 마음 한구석은 늘 불편했다. 기계화된 세상은 많은 편리함을 주지만 그렇다고 인권의 절대적 가치가 변하는 건 아니니 말이다. CCTV가 일방적 감시라는 틀은 어떤 논리를 가져다 대도 반박하기 힘들 것이다. 어느 날 집에서 혼자 옷을 갈아입는데 하필 남편이 CCTV를 보고 있으면 어떡하지 의식하던 순간 그런 생각이 들었다.

베이비시터가 갑작스럽게 그만두게 돼 솔이는 생후 9개월부터 율이와 같은 어린이집에 다니게 되었다. 어린이집은 CCTV 설치가 의무화되어 있지만 일반적으로 촬영 내용이 비공개이고 특정 사건이 발생했을 때만 수사권을 통해 공개를 요청할 수 있다. 그래도 어린이집은 CCTV만이 아니라 여러 교사의 양심 있는 눈이 있기에 마음은 덜 쓰이는 편이다.

그래서 CCTV가 필수냐, 아니냐 하는 문제에 대한 해답은 아직 찾지 못했다. 아이의 안전을 지켜야 하는 입장에서 보면 필요하겠지만, 사실 CCTV가 있다고 해서 사고를 막을 수 있는 것도 아니다. 아이를 키우는 일이나 삶을 사는 문제 역시 똑같을 것이다. 어떻게 될지 알 수 없는 게 인생이니까.

아이를 맡기는 불안한 마음

두 아이가 크게 다친 건 대부분 나 때문이었다. 율이가 목욕탕 바닥에 넘어져서 뇌진탕이 의심돼 응급실을 간 적도 있고, 율이가 솔이의 귀 안쪽에 면봉을 꽂았다가 피가 분수처럼 쏟아진 바람에 고막 파열 검사를 받기도 했다. 율이 손가락이 엘리베이터 문에 끼어 처음으로 큰 병원 응급센터에 갔을 때는 눈물이 쉴 새 없이 쏟아졌다. 죄책감으로 괴로운 내게 남편은 "얼마나 한눈을 판 거야"라며 차갑게 쏘아붙였다. 연애 기간, 결혼 기간을 통틀어 처음으로 남편에게 막말을 한 사건이기도 했다.

만약 아이를 돌보던 사람이 내가 아니었다면 어땠을까. 남편이나 부모님, 베이비시터, 어린이집 선생님이었다면. 아이 돌보는 게 그렇다. 모든 것이 완벽해도 작은 실수 하나로 용서받기 힘든 죄인이 될 수 있다. 내 자식이 아닐 경우에는 더하다. 남의 자식을 다치게 한다면 마음은 더 무거울 테니까. 그런 것을 알고는 있지만 아이를 남에게 맡기면서 누구나 잘 봐주기 바라고 잘못되면 원망하기 마련이다. 율이가 100일도 되지 않아 손톱 밑의 살이 잘려나간 것을 뒤늦게 알았을 때, 어린이집 하원 시간에 데리러 갔는데 담임교사가 아이 우는 것을 못 본 체하고 청소기를 돌리고 있었을 때 사실 그런 마음이 들었다. 그렇지만 어떤 말도 할 수 없었다. 아이는 누가 봐도 다칠 수 있고 울 수 있으니까. 한편으로는 아이를 맡기는 게 그렇게 불안하면 일을 그만두고 직접 돌보라는 말을 들을까 봐 무서웠다.

첫째 율이를 낳고 얼마 뒤 복직 소식을 들은 가족과 지인들은 아이가 너무 어리다는 이유로 온갖 가시 돋친 말을 쏟아냈다. 그래도 내 선택의 몫이기에 참을 수 있었다.

복직 전날 친정 아빠의 문자 한 통이 위로하는 말이 되었다.

"아이를 봐주는 베이비시터와 선생님은 우리 가족에게 평생의 은인이다. 부모 대신 아이를 돌본다는 게 얼마나 대단한 일이냐. 그 은혜를 살면서 절대로 잊지 말아라."

그 말을 듣고 나니 매일 아침과 저녁 선생님을 만날 때마다 거대한 산을 마주하는 기분이었다.

"잘 부탁드립니다."

"고생하셨습니다."

"감사합니다."

아이들을 선생님 손에 인계하거나 받으면서 하는 늘 똑같은 인사에 간절한 마음을 담아서 기도한다.

'아무 일도 일어나지 않게 해주세요.'

아이를 맡기면서는 혹시 내 작은 과실이 아이에게 피해를 줄까 봐, 가정교육 잘못 받은 아이라는 편견이 씌워져서 천덕꾸러기 신세가 될까 봐 노심초사한다. 엄마에게서 떨어지지 않으려고 우는 아이를 강제로 떠맡기며 돌아설 때는 선생님이 가까스로 잡는 지푸라기 같았다.

지난 4년간 두 아이를 어린이집에 보내며 예전에 걱정했던 것과 달리 지금은 훨씬 마음이 놓인다. 선생님을 믿고 의지하게 되어서다. 세상 모든 일이 그렇지만 육아 역시 직접 경험해 보면 별것 아니다. 육아휴직도 보조양육자도 없는 맞벌이 부모는 목도 제대로 가누지 못하는 갓난아기를 기관에 맡기기도 하지만 비난받을 이유가 없다. 저마다 다른 사정 속에서 아이를 키우는 것이지 사랑하는 마음이 부족한 건 아니니까. 손바닥만 한 갓난아기 여러 명이 나란히 누워서 온종일 울어대는 모습을 상상하면 어느 부모가 가슴 아프지 않을까. 생면부지 남에게 맡기는 건 피차일반인데 서로 누가 더 낫다고 비교하고 공격하는 게 무슨 의미일까. 진심을 담은 위로의 말 한마디면 된다. 누구든 아이들이 안전하고 밝게 자라도록 잘 보살펴주면 된다.

아이는 부모의 품을 떠나 사회로 나아가기 마련이다. 그 사회에서 아이는 몸과 마음이 쑥쑥 자란다. 어린이집 생활은 아이가 집에서는 느낄 수 없는 색다른 행복과 용기를 심어준다. 지진이나 전쟁, 성교육 같은 가정 보육에서는 소홀할 수밖에 없는 다양한 교육도 받을 수 있다. 부모 품을 벗어난 아이들의 사회생활을 지지하는 이유다.

우리는 서로의 좋은 선생님

딩동.

“누구세요?”

“산타 할아버지예요.”

“와!”

“어린이들, 부모님 말씀 잘 들었나요?”

현관문이 열린 순간, 열 명의 아이와 아홉 명의 어른들은 놀라서 소리를 질렀다. 아이들은 흥분해서 방방 뛰고 엄마와 아빠들은 소리 내 웃었다. 산타클로스가 집으로 온다는 사실은 나와 네 명의 아빠 그리고 산타로 분장한 남편만 알고 있었다.

우리에게 오랜 시간 잊지 못할 감동과 추억을 준 2018년 겨울의 홈파티와 산타클로스. 아이들은 인생의 첫 친구를 통해 사랑을 배웠고 부모들은 성장했다.

아이를 처음 어린이집에 보냈을 때는 다른 학부모들과 알고 지낼 기회가 없었다. 남편이 모든 등하원과 어린이집 행사에 참여했기 때문이다. 사실 나는 첫째 율이의 반 친구들 이름도 몰랐다. 둘째 솔이를 낳고 육아휴직을 하고 나서야 자연스럽게 몇몇 엄마들과 친해질 기회가 생겼다. 하원 후 놀이터에서 만나면 자연스럽게 같이 대화를 나누고 카페로 자리를 옮겨 커피를 마셨다. 주말에는 서로의 집으로 초대해 공동육아를 했다.

막상 해보니 공동육아는 엄마가 아닌 아이들을 위한 것이었다. 학부모 사회는 교육열 높은 엄마들에게만 필요한 것으로 이해했고 회사일로 바쁜 직장맘은 굳이 낄 이유가 없다고 여겼지만 착각이었다. 아이가 네다섯 살쯤 되면 엄마 아빠와 노는 데 한계가 생긴다. 일주일에 다섯 번, 하루의 절반을 함께 보내는 어린이집 친구들은 다른 의미에서 보면 아이에겐 부모보다 중요한 존재다. 어린이집 생활 1년차는 친구 사귀는 법을 모를 만큼 어려서 선생님에게만 의지하지만 조금 더 자라면 차츰 또래와 교감하고 주말에는 친구 이름을 부르며 같이 놀고 싶다는 표현을 한다. 이 시기에 많은 부모가 어떻게 아이에게 친구를 만들어줄지 고민한다. 한편으로는 아이의 교우관계 형성에 부모의 참여가 필요하다는 걸 느껴 부담감도 커진다. 아이가 혼자서 친구들과 우정과 추억을 쌓을 수 없는 나이이기 때문이다.

모든 게 처음이던 나는 좋았던 기억도 많지만 실수도 많이 했다. 내 육아 방식을 지적받거나 아이들끼리 다퉈 상처가 나면 올바른 방법으로 대처하지 못했다. 예전에 베이비시터가 "아이 키울 땐 옆집에 놀러 가지 말라"고 이야기해준 적이 있다. 육아를 하면서 가장 중요한 것이 일관된 기준인데 공동육아를 하면 여러 기준이 뒤죽박죽되기 일쑤인 탓이다. 평소였으면 혼내지 않을 일도 눈치가 보여서, 무개념 엄마로 보이지 않으려고 아이를 훈육하게 되는 것이다. 반대로 내 아이는 혼내도 남의 집 아이는 쉽게 혼낼 수 없다.

이런 시행착오를 겪으며 누군가는 멀어졌고 상처도 받았다. 저마다 다른 삶의 방식을 배운 과정이었다고 생각한다. 내가 만난 모든 부모는 자기만의 방법으로 아이를 사랑했고 최선을 다했다. 아이와 놀아주면서 단 한 번도 화를 내지 않는 엄마도 있었고 아이에게 손수 만든 음식만 먹이는 엄마도 있었다. 이들은 각자 가진 능력 안에서 서로의 단점을 보완해주는 좋은 선생님이었다.

아이들이 공동체 생활을 하면서 좌충우돌 쌓는 추억은 세상 무엇과도 바꿀 수 없는 보물이 된다. 조금의 불편함만 견딘다면, 다른 집 아이도 내 자식처럼 보살피겠다는 다짐만 한다면 말이다. 내 아이가 아니어도 무언가를 가르칠 수 있어야 하고 서로 비교하지 않아야 한다. 또 다른 아이로 인해 내 아이가 상처받지 않도록 지켜내야 한다. 육아관의 차이를 극복하려고 애쓰는 것은 의미 없는 일이다. 아이를 어떤 기준으로 혼낼지, 유튜브를 얼마나 보여줄지, 사탕이나 초콜릿은 먹일지, 영어유치원이나 국제학교에 보낼지 같은 선택에서 발생하는 차이까지 꼭 맞출 필요는 없다. 다른 방식을 존중하되 흔들리지만 않으면 괜찮다.

최근 다녀온 세빛섬 키즈카페에서 발견한 글이다.

"다른 친구와 비교할 필요 없어요. 우린 다르니까요."

"우리가 아는 사물의 형태, 사람의 모습을 그릴 필요는 없습니다."

"친구들과 부딪히며 놀이할 수 있지만 친구를 배려하며 함께 놀이하는 방법을 가르쳐주세요."

육아 동지를 잃은 사건

"지금, 빨리 전화 줘. 율이가 민이 동생 얼굴에 상처를 내서 병원으로 가는 길이야."

저녁 회식을 하는데 다급해 보이는 남편의 문자를 받았다. 짧은 시간 오만 가지 생각이 다 들었다.

'별일 없겠지.'

애써 마음을 진정시키며 서둘러 회식 자리를 나왔다. 민이 엄마에게 전화를 걸었다. 늦은 시간인데도 전화를 기다린 눈치였다.

"미안해서 어떡하지. 상처는 얼마나 커? 치료비는 걱정 마.

내가 다 낼게."

민이는 율이가 어린이집에서 가장 친하게 지낸 친구다. 민이 엄마는 내가 저녁 회식이나 약속이 있으면 남편과 율이, 솔이를 자기 집으로 불러 저녁까지 먹이곤 했다. "율이 아빠 혼자서 애들 밥 먹이기 힘들 텐데"라며 내 아이들을 자기 아이처럼 챙겼다. 그날도 그랬다. 하필 그런 날 율이가 민이 동생의 얼굴에 큰 상처를 낸 것이다.

사고 당시에는 무슨 정신이었는지 기억도 나지 않는다. 미안한 마음 그리고 어떤 말을 해야 할지 몰라 답답한 감정…. 민이 엄마는 "괜찮다"고 했지만 솔직히 그렇지 않은 듯했다. 적절한 말을 찾지 못해 침묵이 길어졌다. 흉터가 남을까 봐 걱정하는 민이 엄마에게 아이들은 빨리 낫는다고 나름 안심시키려 한 말이 마치 상처를 대수롭지 않게 여긴 것처럼 보인 듯해 후회되었다. 치료비만 보상하면 이런 일로 우리 사이가 깨지지는 않을 거라 믿었다.

하지만 이후 상황은 내 기대와 정반대로 흘러갔다. 시간이 흐를수록 전화를 거는 게 부담스러웠다. 계속 쌓이는 부재중 기록과 바쁘다는 핑계로 통화를 미루는 상황이 이어졌다. 서로 예의를 갖춰 대화를 하는데도 느껴지는 불편함. 어느 순간 미안한 마음은 줄어들고 서운한 감정이 들기 시작했다. 사고가 있던 날 남편에게 전화를 걸었을 때 율이가 옆에서 울면서 한 말이 머릿속을 맴돌았다.

"엄마, 제가 아기를 다치게 했어요. 미안해요."

이제 막 세 돌을 넘긴 율이도 아기인데 동생 얼굴에서 피가 나고 어른들이 몰아세우니 얼마나 놀라고 무서웠을까. 다른 집 아이 얼굴에 생길지 모르는 흉터보다 내 아이의 다친 마음이 더 신경 쓰이는 건 어쩔 수 없었다. 이런 속마음은 아무리 숨기려 해도 티가 났을 것이다. 어느 날, 민이 엄마와 통화를 하다가 결국 폭발하고 말았다.

"치료비를 전부 보상받고 싶으면 변호사를 선임해서 법대로 해."

"나중에 네 아이도 똑같이 다쳐서 내 기분이 어떤지 느껴보길 바란다."

돌이킬 수 없는 말이 화살이 돼 가슴을 찔렀다. 가장 의지했던 육아 동지를 잃었다. 살면서 누구와 적이 되어본 적이 없는데 괴로워서 잠 못 이루는 날이 한동안 계속됐다. 시간이 흘러도 그날의 기분을 떨쳐내기가 힘들었다. 몇 달이 지난 뒤 용기를 내 문자를 보냈다.

"그때 심한 말 해서 미안해. 오늘 문자로 네 마음이 조금이나마 편해지기를 빌어."

"나도 나빴지. 우리가 좋은 부모가 되기 위해 언젠가 겪어야 했을 일이라고 생각해."

기대하진 않았지만 "괜찮다"는 답장을 받으니 마음이 한결 가벼워졌다. 비록 몇 달 뒤 다시 문자를 보냈을 땐 답장을 받을 수 없었지만.

한때 가장 친했던 친구를 만날 수 없게 된 율이를 보면 미안함에 목이 멨다. 민이네가 이사를 가고 오랜 시간이 지났는데도 율이는 민이 집 앞을 지날 때 "엄마, 민이가 너무 보고 싶어"라고 말한다.

율이가 잃은 친구는 민이만이 아니다. 친하게 지냈던 다른 친구들과 우연히 만나면 그 아이들의 엄마들 때문에 나도 모르게 움츠러들었다. 놀이터에 가도, 마트에 가도 아는 사람을 만나면 불안해서 숨었다. 엄마들과 사이가 멀어지니 아이들도 사이좋게 지내지 못하는 것처럼 느껴졌다. 예전처럼 연락하지 못하고 만나도 어색한 인사만 나누거나 피하고 마는, 남보다 못한 사이가 되어버린 것이다.

워킹맘의 아이는 특이해

"전업맘들 사이에선 직장맘의 아이가 특이하다고 하지. 오냐오냐 키워서 버릇이 없다는 거야. 초등학교만 가도 전업맘 아이끼리, 직장맘 아이끼리 따로 그룹을 지어서 놀아."

오래 알고 지낸 언니가 이렇게 말했을 때 나는 웃으면서 대답했다.

"그건 선입견이에요. 저는 전업맘들과 친한데요?"

그렇게 말했지만 내심 불안했다. 정말 그녀들도 나와 친하다고 생각할까. 율이가 친구의 동생을 다치게 한 뒤로 평소 내 육아 방식을 지적하는 사람이 많아졌다. 가장 친한 친구들까지 내가 나빴다고 했다. 이전에는 자유분방한 육아 방식을 존중받았는데 사고를 계기로 자기 자식만 감싸는 안하무인 엄마가 된 것만 같았다. 그날 이후 평소에는 몰랐던 내 아이의 문제 행동에 대해서도 알게 됐다. 율이는 내가 모르는 사이 다른 집 아이의 얼굴을 몇 번 다치게 한 일이 있었다고 한다. 상처가 나지 않아 굳이 얘기하지 않은 것이라고.

아이 키우는 방식에 대해 남편이 아닌 누군가가 간섭하고 조언하면 나는 정색하곤 했다. 이를테면 미세먼지가 많은 날의 외출, 유튜브 보여주는 시간, 초콜릿과 사탕을 허용하는 양 등이다. 아이가 원하는 것을 되도록이면 들어주는 자유 방임의 육아를 하면서 정작 훈육에 있어서는 과잉보호를 했으니 주변 여러 사람과 충돌할 수밖에 없었다. 나를 지지하고 응원해주던 사람들이 전부 나를 비난하고 등을 돌린 기분이었다. 그동안 아이를 잘 혼내지 않았던 이유가 과연 내가 옳다고 믿는 교육관에서 비롯된 것인지, 아니면 회사에서 보내는 많은 시간에 대한 미안한 마음에서인지 혼란스러웠다.

여러 일을 계속 겪으면서 내 고집스럽던 육아관도 조금씩 바뀌기 시작했다. 예전에는 지금보다 다른 집 아이들에게 배타적이었다. 이를테면 키즈카페에서 모르는 아이가 율이와 솔이에게 놀자고 다가오면 허락하지 않았다. 율이가 또래 친구보다 작고 소심해서 장난감을 빼앗기거나 상처받을까 봐 두려웠기 때문이다. 다투고 다치더라도 함께 어울리는 법을 가르쳤어야 했다. 육아에는 정답이 없는 만큼 내가 옳다고 믿었던 가치관이 틀릴 수 있다는 걸 어느 순간 인정하고 배우게 된다. 아이를 가졌다는 것만으로 세상의 모든 부모는 같은 편이다. 국적이 다르고 가진 게 달라도 부모라는 사실 하나로 묶이니까. 길에서 유모차를 끄는 엄마나 아빠를 보면 괜히 뭉클하고 도와주고 싶은 건 이런 이유다.

각자가 정한 규칙을 따르면 되지만 단체생활을 시작한 아이에게는 육아 방식의 차이가 혼란을 주기도 한다. 엄마와 아빠, 어린이집 선생님과 친구의 엄마들이 아이를 일관성 있게 대할 수 없다 보니 난처한 상황이 자꾸만 반복된다.

"엄마, 선생님이 어린이집에 올 땐 목걸이를 하면 안 된대요."

"어린이집은 단체생활을 하는 곳이니까 선생님이 정한 규칙을 따라야 해."

이렇게 설명해도 다섯 살이 된 율이는 이해할 수 없다는 표정을 지었다. 어린이집에서 목걸이 착용을 금지하는 건 아이의 활동을 방해하기 때문이다. 그런데 아이는 선생님이 허락하지 않은 목걸이가 나쁜 물건이라고 이해했다. 어떤 규정에 있어선 교사의 방식에 동의할 수 없지만 따르지 않는 것도 불가능하다. 이럴 땐 좀더 다양한 교육 방식과 아이의 개성을 인정하고 존중하는 인식이 자리 잡았으면 좋겠다는 생각을 하게 된다.

발달이 느린 아이의 부모

어린이집 참여수업에 처음으로 간 건 율이가 입학하고 한참이 지나서다. 그동안은 남편이 참여했다. 기다리는 몇 주의 시간이 얼마나 긴장되고 설렜는지. 율이가 평소 어린이집에서 어떻게 생활하는지 너무 궁금했다.

율이는 반에서 생일이 가장 늦은 10월 30일생이다. 친구들에 비해 신체 발달이 더디고 언어 수준이 떨어지는 편이었다. 같은 반 친구 절반 이상이 1~2월생이어서 율이의 키와 몸무게는 그들의 3분의 2 정도밖에 되지 않았다. 친구들이 "엄마, 오늘 자동차 놀이 했어요" "친구와 다퉈서 선생님께 혼났어요"

등을 자연스럽게 말하는 동안 율이는 여전히 "싫어" "안 돼"만 반복하는 아기 수준이었다. 그래도 집에선 늘 밝은 모습이라 걱정하지 않았는데 그날 어린이집 행사에서 나는 충격을 받고 말았다.

우리가 하는 놀이는 오이와 당근을 잘라 물감을 묻힌 뒤 스케치북에 찍는 미술활동이었다. 책상 한가운데에 색색의 물감이 담긴 팔레트가 놓였다. 다른 집 아이들은 각자 좋아하는 색을 찍으려고 경쟁했다. 엄마들은 그런 자기 아이에게 "친구와 사이좋게 나눠서 해야지"라며 기분 좋게 타일렀다. 그런데 율이는 친구들이 노는 모습을 멀리서 지켜볼 뿐 내 품에 안겨 칭얼대기만 했다. 손에 채소를 억지로 쥐어주며 "율이도 친구들처럼 해보자"라고 격려하자 울음을 터뜨렸다. 울고 달래기를 반복하다가 결국은 끝날 때까지 아무것도 하지 못했다. 속상한 마음을 붙잡고 시간이 빨리 가기만 기다렸다. 그런데 율이가 느닷없이 일어나 책가방을 메고 오는 것이다. 그러고는 "엄마, 집에 가자!" 하며 갑자기 또 엉엉 울기 시작했다. 막무가내로 우는 아이가 당황스러워 머릿속이 미칠 듯이 혼란스러웠다.

'엄마에게 자신감 없는 모습을 들켜서 부끄러웠구나.'

아무리 달래도 율이는 울음을 그치지 않았다. 선생님과 친구들이 다가와서 "율아, 같이 놀자"라고 말해도 진정되지 않았다. 내 아이는 어린이집에서 씩씩하게 잘 지내고 있을 거라 생각했는데, 외면하고 싶던 아이의 현실을 마주한 기분이었다. 가슴이 무너져내렸다. 어린이집에 가기 싫다고 떼를 쓸 때마다 "나도 너 때문에 힘들다"며 원망했는데 아이는 나름대로 힘든 사회에서 사투를 벌이고 있었던 것이다.

그렇게 한동안 율이는 친구들과 선생님에게 자신감 없는 모습을 보였다. 그리고 어린이집에 다닌 지 2년 만에 처음으로 담임교사에게 연락이 왔다. 새 학기가 시작되어 친구들은 의젓하게 자기소개를 하는데 율이만 아무 말도 하지 못해 울기만 했다는 것이다. 그렇게 두 달 정도 지났을 무렵 담임교사는 언어치료나 놀이치료를 권했다. 나는 아이에게는 발달지연의 문제가 없으니 더 지켜보고 싶다는 의사를 내비쳤지만 선생님은 의외로 완고한 뜻을 보였다.

"5세 아이들은 무리 지어 놀기 시작해요. 무리에 속하지 못한 아이는 스스로 소외됐다고 느껴요. 지금은 선생님이 바로잡아줄 수 있지만 2학기에 들어서면 더욱 아이 주도적인 분위기가 될 거예요. 요즘 부모님들은 방임하지 않고 미리 해결 방법을 찾아주는 추세예요."

아이에게 문제가 없다고 생각해 무작정 믿고 지켜본다고 하면 소홀한 부모가 되는 시대다. 때로 내가 절대적으로 옳다고 믿었던 방법이 잘못된 결과를 가져올 수도 있다. 사회가 정한 기준이 답은 아니지만 나도 변해야 한다는 생각이 들었다.

부모에게 최선은 어디까지일까. 이 정도면 최선을 다했다고 확신했다가도 시간이 조금 지나서 보면 항상 뭔가 문제가 발견되었다. 내 능력 안에서 최대한 세심하게 살피고 교감해도 늘 부족하게 느껴지는 게 육아였다.

4개월간의 언어치료를 마치고 시간이 흘러 율이가 부쩍 의젓해졌을 즈음 어린이집에서는 만두 빚기 참여수업을 열었다. 출근 때문에 참석하지 못했는데 그날 하원 후에 우리 집만 빼놓고 다른 부모는 전부 참석했다는 사실을 알았다.

"율이만 엄마가 안 와서 속상했어."

율이의 푸념을 들으며 한숨이 났다. 아무리 노력해도 부족한 하나가 생기는구나 싶었다. 평소 좋아하던 키즈카페에 가자고 하니 율이는 빨리 집에 가서 자기가 만든 만두를 먹어보라고 했다. 집에 와서 만두를 찐 다음 한입 베어 물자 율이는 기대에 찬 얼굴로 "율이 만두 맛있어?"를 수십 번 물었다. 속상하다던 마음은 온데간데없고 행복하게 웃는다. 그런 아이를 보며 다시 한 번 생각했다. 말을 잘하지 못해도, 기저귀를 늦게 떼어도 내게는 너무 소중하다는 것.

누군가 내게 지금 잘하고 있다고, 율이는 충분히 행복할 거라고 말해준다면 지친 마음에 큰 위로가 될 것 같다.

장애인 친구를 만난 아이

율이와 둘이서 지하철을 탄 적이 있다. 율이 옆에는 율이보다 키가 조금 큰 다운증후군으로 보이는 여자아이가 앉았다. 그리고 장애아이의 반대쪽에는 비슷한 또래의 다른 여자아이가 앉았다. 장난기 심한 장애아이는 바로 옆에 앉은 여자아이의 얼굴을 만지며 장난을 쳤다. 그러자 여자아이는 울상을 짓다가 결국 울음을 터뜨렸다. 장애아이의 엄마는 "죄송합니다"라며 정중하게 사과한 뒤 아이에게 "허락받지 않고 친구 얼굴을 만지면 친구가 싫어한다"고 꾸짖었다.

아이는 고개를 돌려 이번에는 반대쪽에 앉은 율이의 얼굴을 만졌다. 나는 율이가 울면 어떡하나 내심 걱정했다. 그런데 예상치 못한 반응이 나왔다. 율이가 "언니, 언니!" 하고 부르며 같이 얼굴을 비비고 웃는 게 아닌가. 율이는 평소에도 또래보다는 언니나 오빠를 잘 따랐다. 그 나이 때 아이들이 대부분 그렇다. 자기보다 키도 크고 말도 잘하는 언니나 오빠와 노는 게 훨씬 재밌고 배울 것이 많기 때문이다.

율이의 행동을 보면서 깨달았다. 장애에 대한 편견은 사회화 과정을 거치며 생겨난다는걸. 일반적인 것과 일반적이지 않은 것, 정상과 비정상, 다수와 소수, 이 모든 게 학습을 통해 사고와 편견으로 굳어진다. 순수한 아이의 눈으로 보면 장애아이도 전혀 이상할 게 없다. 율이는 내리면서도 "안녕!" 하고 웃으며 헤어졌다.

우리 동네에는 장애인 통합 어린이집이나 사회복지관이 유난히 많다. 일부 국공립 어린이집은 장애인 의무비율을 유지해야 하는데, 별도의 반을 운영하는 게 아니라 통합 보육을 실시한다. 첫 사회생활을 시작하는 아이들은 장애인에 대한 이해와 배려를 그곳에서 배울 수 있다. 몇 년째 입학을 신청해도 경쟁이 치열해 결국 포기한 인기 어린이집이다. 뉴스에서는 동네에 들어서는 장애인학교를 혐오시설이라며 지역 주민들이 반대하는 모습을 보여주지만 현실은 그렇게 매정하지만은 않다.

장애인을 보는 시각과 태도는 경험을 통해 바뀔 수 있다. 아이들을 데리고 놀이터나 사회복지관을 다니다 보면 생각보다 많은 장애인이 우리 주변에 산다는 걸 알게 된다. 아이를 낳기 전에는 주의 깊게 보지 않아 몰랐던 사실이다. 어느 날은 지적장애를 가진 아이가 다가와 스킨십을 한 적이 있다. 처음엔 어떻게 대응해야 할지 몰라 당황스러웠다. 아이에게 상처를 줄까봐 최대한 자연스럽게 행동했지만 막상 나도 모르게 어색한 표정을 짓고 말았다. 중학생쯤 되어 보이는 아이는 "제 유튜브에 구독과 좋아요를 눌러주세요"라는 말을 수십 번 반복했다. "응. 그래"라고 대답하고는 머뭇대자 아이는 내 손에 있던 스마트폰을 가져가 직접 영상을 검색해 보여주었다. 뒤따라온 아이의 어머니가 "죄송합니다"라며 연신 사과했다. 아이가 친구들과 만든 여행 영상을 자랑하고 싶어서 모르는 사람을 만날 때마다 같은 행동을 한다는 이야기를 해주었다.

장애아이의 어머니는 놀이터에서 놀기에는 덩치가 큰 자기 아이가 어린 동생들이 타는 그네를 빼앗아 타는 게 미안했는지 양보를 강요했다. 그렇게 두 손을 꼭 붙잡고 집으로 돌아가는 모자의 뒷모습을 보니 막막했다. 모든 장애아 부모의 희망은 자기 아이보다 하루만이라도 더 사는 것이라고 한다.

장애아이와 계속 만나고 부딪치면 우리 사이는 익숙해질 것이다. 불쌍하다는 동정심은 지나치다. 서로에게 피해를 주는 게 아니므로 불편해할 이유도 없다. 살면서 다양한 사람을 만나는 것은 장애아와 비장애아 모두에게 좋은 경험이 될 것이다.

율이가 언어치료를 받는다고 친한 선배에게 말했더니 "우리나라 교육은 이래서 문제"라는 대답을 들었다.

"내 조카가 다니는 뉴질랜드 학교는 자폐 진단을 받은 아이를 따로 분리시키지 않고 같이 교육받게 한대. 대신 별도의 맞춤 교육을 제공하고."

한국에서 장애아이를 키우는 부모의 가장 큰 고민이 바로 이것이라고 한다. 자기 아이도 일반학생과 같은 학교에서 교육받게 하고 싶지만 현실적으로 쉽지 않다. 장애가 있다 해도 사회의 한 구성원으로 성장해 경제활동을 하며 자립할 수 있는데도 한국에서는 분리 교육으로 처음부터 이들을 소외시킨다.

서울역 장애아이 보호시설 '가브리엘의 집'으로 봉사활동을 간 적이 있다. 자발적이라기보다는 취재를 위해서였다. 이후 결혼해 아이 둘을 낳은 뒤 다시 한번 가브리엘의 집을 찾았다. 그날 누난증후군을 가지고 태어난 한 살짜리 여자아이를 돌봤다. 당시 둘째 솔이도 막 돌이 지난 무렵이라 아기 돌보는 데는 자신 있다고 생각했다. 하지만 아무리 안고 흔들면서 달래도 아이는 울음을 그치지 않았다. 누난증후군 아이는 심장이 약해 흔들면 안 된다는 건 나중에야 알았다. 아이를 가만히 안은 채 벽에 걸린 돌잔치 사진을 봤다. 행복하게 웃는 아이의 얼굴을 보자 눈물이 쏟아질 것 같았다. 누난증후군은 다운증후군처럼 일상생활이 가능해 일반 학교에 진학할 수 있다. 또래 친구들과 학습하고 교류하는 데 문제가 없어서 학위를 받고 전문 직업을 갖는 이들도 많다.

아이들이 이곳에 버려지는 이유는 따로 있다. 선천성 유전질환은 임신 과정에서 100퍼센트 가까이 발견된다. 곧 태어나서 여기 버려진 아이는 부모가 중절수술을 받을 수도 없을 만큼 경제적으로 어려운 미혼모이거나 청소년이 출산을 강행해 세상에 나온 경우다. 시설로 보내질 수밖에 없는 운명이다.

6~7살쯤 되어 보이는 다운증후군 남매는 온종일 나를 따라다니다가 내가 떠날 때가 되니 옷자락에 매달려 눈물을 보였다.

"매주 혹은 매달 정기적으로 오는 봉사자도 있지만 일 년에 한두 번, 평생 한 번 오는 분이 훨씬 많아요. 저희 입장에선 모든 분이 다 감사하죠. 그렇지만 아직 어린 아이들은 봉사자가 가고 나면 한동안 혼란스러워해요. 그래서 아이들에게 너무 잘 해주지 말라고 부탁드려요."

그 말을 들었을 때 쥐구멍에라도 들어가고 싶었다. 좋은 일을 했다는 뿌듯한 마음을 가지고 집으로 돌아가 남편과 아이들에게 자랑스럽게 이야기할 생각이었다. SNS에 사진을 올리고 그날 활동을 기사로 만들어 세상에 알리면서 사람들은 내가 바쁜 틈에도 좋은 일을 했다며 칭찬했지만, 가브리엘의 집에 남은 아이들을 생각하면 가슴이 천근만근 무거웠다.

율이와 솔이가 장애나 다문화, 세상의 약자와 소수자에게 편견을 갖지 않고 그들 편에 서는 어른으로 자라기를 희망한다. 차별은 "잘못이다"라고 말할 수 있는 용기를 가진 아이가 되기를 꿈꾼다.

일상의 작은 행복:
남편의 이야기

아빠가 되기 전에는 아이가 태어나면 '버릇없는 아이로 키우지 말자'고 굳게 결심했다. 아이가 잘못된 행동을 하면 무섭게 혼내서 통제해야 한다고 생각했다. 하지만 막상 육아아빠가 되어보니 현실은 이상과 너무나 달랐다. 아무리 훈육해도 아직 내 말이 어려운지 아니면 일부러 못 알아듣는 척하는지 돌아서면 원점이었다.

때론 화가 났지만 아이들 행동을 가만히 보면 웃음이 나 더 이상 혼낼 수가 없었다. 아빠에게 혼이 난 뒤에 울다가 잠든 아이들의 얼굴을 보면 후회가 밀려왔다. 그게 뭐 그리 중요한 문제라고 혼내야 했을까 싶어서다. 미안한 아빠의 마음을 아는지 모르는지 아이들은 다음 날이면 다시 말썽을 부리는 개구쟁이로 돌아갔다.

'아직 아이니까 너무 혼내지는 말자.'

'다른 사람에게 절대 해서는 안 되는 행동만 가르치자.'

육아는 갈수록 복잡하고 어려웠다. 갓난아기 때는 잠 못 자는 건 둘째치고 한시도 몸을 누일 수 없어서 육아가 극심한 육체노동 같았는데, 아이들이 자라면서는 정신노동으로 바뀌었다. 지금은 아이들과 어떻게 놀아줘야 하는지가 주말의 숙제다. 집을 벗어나 아이와 함께 외출하는 일은 많은 제약이 따른다. 아이를 반기지 않는 장소가 많기에 키즈카페나 쇼핑몰에서 많은 돈을 써 가며 주말을 보내기 일쑤다.

그러던 즈음 비싼 키즈카페나 쇼핑몰이 아니어도 아이들이 즐겁게 놀 수 있는 장소를 점점 알아가게 되었다. 동네 놀이터, 한강공원 같은 곳에서도 아이들은 신나게 뛰어놀았다. 그늘막에 돗자리를 펴놓고 간식을 먹는 것만으로도 아이들은 행복해했다. 아이들의 웃는 얼굴에 덩달아 우리 부부도 기분이 좋아졌다. 동네를 산책하는 것, 아이들 손을 잡고 시장을 구경하는 것들이 모두 추억이 되었다. 물론 쉽지 않은 여정이긴 하지만 주말의 추억들이 조금씩 쌓여 일상의 하루하루를 버틸 수 있는 힘이 되어주었다.

요즘은 가격이 저렴하거나 무료로 즐길 수 있는 콘텐츠가 더 다양해졌다. 박물관이나 지자체에서 운영하는 혁신 놀이터 등도 많아졌다. 마음만 먹으면 아이들에게 늘 새로운 놀이와 체험의 기회를 줄 수 있다. 부모가 조금만 노력을 기울이면 아이들은 행복하게 뛰어놀 줄 아는 아이로 자란다.

☑ 4장

☐ 오늘이 모여

☐ 빛나는 삶이

여행하며 성장하는 우리

"만약 내가 어렸을 때 부모님이 한 번이라도 공항에 데려가 줬다면 지금은 다른 모습일 거야."

친구에게 이런 말을 듣고는 깜짝 놀랐다. 그는 글로벌기업에 다니며 여러 나라를 여행하고 나보다 많은 경험을 쌓았다. 세상은 아는 만큼 보인다고 했다. 보다 넓은 세상을 알게 될수록 한편에서는 더 많은 세상을 경험하지 못한 데 대한 아쉬운 마음도 들 것이다. 어떤 기분인지 알 것 같았다. 난생처음 인천국제공항에 가본 건 스물한 살 때다. 여러 국적의 사람이 정신없이 북적대는 공항이 신비로운 느낌으로 다가왔다. 지금까지 배우고 경험한 학교와 사회가 너무 작고 하찮게 느껴졌다. 이륙하는 비행기의 창문 너머로 보이는 세상을 벗어난다는 게 두려웠지만 미지의 우주 위에 혼자의 힘으로 선 기분이었다. 20대 초반의 어학연수 경험은 삶에 크고 작은 영향을 미쳤고 어떤 형태로든 지금의 나를 만들었다.

대학 시절에는 해외 배낭여행이 유행해 너도나도 가방을 싸매고 떠나는 친구들이 너무 부러웠다. 아무리 아르바이트를 해도 단돈 100만 원 모으기가 쉽지 않았다. 부모님이 중국으로 어학연수를 보내준 것 말고는 미국이나 유럽 쪽은 가볼 기회가 없었다. 그랬기에 훗날 돈을 벌면 혼자서라도 꼭 가보겠다고 다짐했다. 혼자 힘으로 미국과 캐나다를 여행한 건 직장생활을 시작하고 7년이나 지나서다. 30년 지기 친구가 토론토 근처로 이민을 가 정착한 게 도움이 됐다. 나이아가라 폭포, 뉴욕 센트럴파크, 타임스스퀘어 광장. 좋아하던 소설 속 배경과 장소들을 직접 눈으로 본 순간은 지금도 어제 일처럼 생생하다.

율이가 8개월쯤 되었을 때 다시 미국과 캐나다를 가야겠다고 생각했다. 비행기로 왕복 28시간이 걸리는 고생을 왜 사서 하느냐며 주변 사람 모두가 만류했지만, 내가 경험한 것을 아이와 나누고 싶었다.

어린아이를 데리고 여행한다고 말하면 "어차피 나중에 기억도 못 할 텐데 괜한 데 돈 쓴다"는 핀잔만 듣는다. 하지만 그 시절 여행은 아이만의 기억이 아닌 부모의 행복을 위해서도 가는 것이다. 아이가 보고 느끼는 순간도 중요하지만, 여행의 경험을 통해 성장하는 건 어른도 크게 다르지 않으니까. 여행의 기록이 늘어날수록 우리 가족의 사랑도 더 단단해지는 것 같다.

둘째 솔이가 태어난 다음 해에는 네 식구가 처음으로 제주도를 다녀왔다. 당시 네 살이던 율이의 언어치료 권유를 받고 고민하던 때였다. 그런데 처음 가본 바닷가 모래사장에서 평생 잊을 수 없는 사건이 일어났다. 율이가 꽃게를 발견하고는 "와! 꽃게 안녕!"이라며 소리친 것이다. "엄마" "아빠" "밥" 정도를 빼면 거의 말을 하지 않던 아이였기에 놀랄 수밖에 없었다. 꽃게를 가만히 지켜보던 율이는 계속 말을 이어갔다.

"엄마, 꽃게 아파. 만지지 마."

내 손을 잡아 일으켜 세우는 율이에게 아무 말도 하지 못했다. 그 놀라운 순간을 어떻게 말로 표현할까. 집에 돌아온 뒤에도 율이는 여러 번 "꽃게가 아파요" "율이는 슬퍼요" 같은 말을 했다. 처음에는 무슨 영문인지 몰랐다. 그 뜻을 알아차리는 데는 꽤 오랜 시간이 걸렸다. 일 년 전 어린이집에서 율이의 '미소반' 이름을 딴

'미소게'라는 이름의 꽃게를 키운 적이 있다. 선생님이 보내준 사진에는 율이가 꽃게를 관찰하던 모습이 있었다.

그걸 보고 '아, 미소게가 아프구나' 싶어서 다음 날 선생님께 여쭤보니 오래전 꽃게가 말라서 죽었다는 이야기를 해주었다. 아이들에게는 꽃게가 아파서 병원에 갔다고 둘러댔다고 한다. 일 년이나 지난 일을 아이가 어떻게 기억하고 있느냐며 선생님도 놀라워했다. 비록 말로 잘 표현하지 못하는 아이였지만 마음속에는 꽃게와 쌓은 추억을 간직하고 있었던 것이다.

여행을 통해 찾은 아이의 추억은 많은 생각을 하게 했다. 아이에게 소리 지른 일, 남편과 싸운 일 등 아팠던 순간들이 스쳐 지나갔다.

"불가사리, 안녕!"

"토끼, 안녕!"

아이가 느끼는 기쁨과 슬픔의 감정이 무엇보다 소중했고 더 많은 것을 경험시키고 싶었다. 미국으로, 제주도로 가는 비행기 안에서 율이는 아무 말도 하지 않았지만, 지금은 비행기를 타면 "엄마, 우리가 하늘을 날고 있는 건가요? 너무 신기해요"라고 말한다. 그럴 때면 내게도 아이가 느끼는 신기한 감정이 전해지는 듯했다. 이렇게 부모는 아이를 통해 세상을 다시 사는 건지도 모른다.

비싸고 특별한 여행만 아이에게 좋은 경험을 주는 건 물론 아니다. 우리는 주말마다 여행한다. 유목 가족처럼 새로운 장소를 찾아 계속 떠난다. 아이에게는 미국이나 제주도보다 집 앞 공원이 더 좋을 수 있다. 부모와 함께 있는 시간 자체가 특별한 것이지 사실 장소가 중요한 건 아니니.

육아와 여행의 공통점은 다가올 미래에 대한 불안보다 눈앞에 닥친 현실에 집중하게 한다는 것일 테다. 통장은 마이너스지만 우리가 다시 여행 계획을 세우는 이유다.

일보다 네가 더 중요해

“엄마는 내가 중요해? 회사가 중요해?”

언젠가 아이가 이렇게 묻는 날이 온다면 주저 없이 “세상에 너보다 더 중요한 건 없단다”라고 말해줄 것이다. 굳이 설명하고 이해시키지 않아도 어른의 눈으로 볼 땐 너무나 당연한 답이다. 그렇지만 아이가 이런 의문을 가진다면 조금 슬플 것 같다. 일하는 엄마는 늘 아이에게 충분한 사랑을 주지 못한다는 죄책감에 시달린다. 서로 쌓아놓은 감정이 언제 터질지 몰라 불안한 마음을 꾹 누르며 산다.

언어 표현이 서툴던 때의 율이는 말 대신 행동으로 그걸 표현

했다. 아이가 표현하는 사랑이 때로 너무 과분하게 느껴져 부담스러웠고 아이의 세계에서 전부는 오로지 나뿐일 거라 생각하면 한없이 미안했다. 일도, 남편도, 부모도 모두 사랑하지만 그중 가장 중요한 하나를 꼽으라면 당연히 아이일 것이다. 그렇지만 아이와 함께하는 시간은 늘 짧아 오해를 주기에 충분했다. 그런 일들을 생각하면 언제나 후회가 되었다. 회사는 나를 배려하면서 기다려주지 않는다는 자기합리화를 하면서 말이다.

직장맘의 최대 콤플렉스는 일과 육아 중 어느 하나를 선택해야 할 것 같은 상황으로 자주 내몰린다는 데 있다. 복직할 때는 '아이 대신 일을 선택한 엄마'라는 선입견 때문에 괴로웠는데, 아이에게 조금이라도 더 집중하면 '그래서 여자는 안 돼'라는 프레임이 씌워진다. 둘 사이에서 끊임없이 발생하는 선택의 기로, 곧 회의를 해야 하는데 아이가 아프다는 연락을 받는다거나, 재택근무를 하는 중에 아이가 컴퓨터 앞으로 오지 못하게 해야 하는 상황은 계속 발생한다.

"엄마 일할 땐 말 걸지 말라고 했지!"

"컴퓨터 만지면 안 되니까 오지 마!"

번번이 자책하고 그러지 않겠다고 다짐했지만 지난 밤에 또 화를 내고 말았다. 울면서 "엄마 미안해요"라고 말하는 율이를 안고서 '아니야, 엄마 잘못이야. 화내서 미안해'라고 달래주고 싶었지만 결국 고개 한 번 돌리지 않고 모니터만 응시했다.

아이가 어려서 무작정 울거나 보챌 때는 '누가 이기나 해보자'는 심정으로 이를 악물고 기사를 쓴 적도 있다. 자지러지게 우는 소리를 듣다가 무엇에 홀린 듯 달려가서 급히 안아 올리면 작은 얼굴에 송골송골 맺힌 땀이 가슴을 쳤다.

한번은 율이가 "엄마 빨리 와 봐요! 제발요!"하며 다급히 날 찾았다. "율아, 엄마 이것만 하고 갈게, 5분도 안 걸려!" 이렇게 말하고는 5분쯤 있다 가 보니 율이는 이미 잠들어 있었다. 며칠 전 선물로 사준 개구리 침낭에 혼자 힘으로 들어가는 데 성공한 모양이다. 엄마에게 칭찬받고 싶어서 그렇게 애타게 부른 것이다. 이깟 게 뭐라고 그렇게 기다리게 했을까. 집에 들어와서도 매일 컴퓨터만 붙잡고 있는 내게 "엄마는 왜 그렇게 맨날 바빠?"라고 투덜대는 아이의 말이 생각나 마음이 아팠다. 아이를 키우며 후회하는 순간은 이렇게 사소한 데서 온다. 그렇기에 매 순간을 소홀히 지나칠 수가 없다.

우리에게는 아직 많은 시간이 있다는 핑계를 대다 보면 중요한 순간은 지나고 사라져버린다. "조금만 기다려. 나중에 해줄게"라는 말로 더이상 소중한 시간을 미루지 말자고 다짐한다.

직급이 올라가면서 요즘은 일이 더 늘었다. 점심도 먹지 못하고 화장실조차 가지 못한 채 열심히 일했는데도 결국 집으로 일거리를 가져오고야 만다. 11시가 되기 전에 아이들을 재우고 일을 시작하자며 불을 껐다. 그런데 율이는 "엄마는 일하고 나는 그림 그리면 안 돼?"라고 떼를 썼다. 막무가내로 우겨대는 아이를 보면서 순간 감정이 북받쳐올라 눈물을 뚝뚝 흘렸다. 그 모습을 보고 어쩔 줄 몰라 발을 동동 구르던 율이는 "엄마, 미안해" 하며 서글프게 울었다. 한 선배는 "어느 것 하나 제대로 하지 못한 게 아니라 둘 다 해낸 거야"라고 격려해주었지만 그 말이 전혀 위로가 되지 않았다.

이제는 조금 더 자란 율이가 나를 기다려줄 때도 있다. 며칠 전엔 아이들과 같이 자려고 누웠는데 "엄마, 기사 쓰고 자야죠?"라는 말을 들었다. 언제 이렇게 컸나.

부모의 뜻에 따라 세상에 던져진 두 딸. 하루, 일주일, 한 달, 일 년…. 이렇게라도 버티는 것, 커리어를 이어가며 나름 만족스러운 삶을 살아가는 엄마의 모습이 훗날 아이들에게 돈으로는 살 수 없는 교육이 되었으면 하고 바란다. 일하는 엄마를 이해하고 자랑스러워하는 날이 온다는 선배들의 말에 그래서 희망을 갖는다.

아이 눈으로 세상 보기

열다섯 살 안팎쯤 되었을까. 불안한 눈빛과 어설픈 말투, 몸짓. 한눈에 봐도 또래보다 지적 수준이 낮다는 걸 알 수 있었다. 평범한 학생이라면 당연히 배웠을 예의나 사람을 대하는 기술이 서툴렀다. 세 살짜리 아이처럼 먹을 것을 놓고 친구와 다투기도 했다.

2017년, 취재를 위해 간 서울의 한 대안학교. 이곳은 학교폭력이나 가정폭력을 당한 청소년이 모여 공부하는 교육 시설인 동시에 전문 치료를 병행하는 병원이다. 담당 의사는 교장 선생님이기도 했다.

선생님은 여기 온 아이들의 가장 큰 문제가 가정환경이라고 했다. 개중에는 부모에게 맞거나 학대를 당한 아이도 있었지만 대부분은 너무나 평범한 부모를 둔 아이였다.

"요즘은 맞벌이 부모가 많잖아요. 대외적으로는 훌륭한 부모지만, 아이들 입장에선 학교생활의 문제가 생겼을 때 고민을 털어놓지 못해요. 그러다 보니 작은 문제가 쌓여 큰 문제가 되죠. 물질적으로는 완벽해도 불완전한 가정인 셈이에요."

아이들이 가진 마음의 병을 치유하려면 치료보다 부모의 의지가 중요하다고 했다. 그러나 많은 부모가 자기 아이는 병들지 않았다고 현실을 부정하거나 방임했다.

"내 아이는 문제가 없어요."

"저희가 알아서 할게요."

내가 중학교 때 왕따였다는 사실을 다른 사람에게 처음으로 털어놓은 건 지금의 남편이 남자친구일 때다. 점심시간에 혼자 밥을 먹는 게 두려워 몰래 학교를 빠져나와 집으로 갔다. 그때 내가 엄마에게 고민을 털어놓을 수 있었다면 지금 나는 어떻게 달라졌을까.

내 부모님은 그때나 지금이나 다정한 분들이고 또 경제적으로 부족함 없이 키워주셨지만 나는 한 번도 속마음을 내보인

적이 없다. 왜일까. 이 문제를 놓고 아주 오랜 시간 고민했다. 아이들은 부모에게 의지하는 듯 보이지만 막상 힘든 순간에 나약한 모습을 보이기 싫어한다. '엄마와 아빠가 이해해주지 않으면 어떡하지?' '나를 바보 같다고 생각하겠지.' '나 때문에 괴롭고 힘들진 않을까?' 싶은 마음에서다. 자녀와 부모는 가장 가까운 사이지만 그만큼 서로를 실망시키면 안 된다는 강박도 갖는다. 세상 누구보다 자기편이지만 한편으로는 부담을 주는 존재인 것이다. 아이가 스스로 자기 이야기를 하게 만들려면 끊임없이 대화의 기회를 주어야 한다. 실패해도 포기하지 말고 지속적으로 시도해야 한다.

어린 시절의 슬픈 기억 중 하나는 카세트테이프에 담긴 노래 〈어른들은 몰라요〉를 온종일 듣던 일이다.

"어른들은 몰라요. 아무것도 몰라요. … 언제나 혼자이고 외로운 우리들을 따뜻하게 감싸주세요. 사랑해주세요."

마음의 외로움을 공감해주던 노랫말이 슬퍼서 듣다가 여러 번 울기도 했다. 전업주부인 엄마는 늘 집에 있었고 형제가 없었던 것도 아닌데 어떻게 내 외로움을 설명해야 할지 당시에는 알지 못했다. 딸들에게 〈어른들은 몰라요〉를 불러줄 나이가 되어서 다시 생각해보았다. 아이의 눈높이에 맞춰야 한다는 건 누구나 잘 알지만 실천은 어려운 법이다. 바쁘게 돌아가는 세상은 "나로선 최선을 다했다"는 합리화로 많은 책임을 외면하게 만든다. 나도 모르는 사이 아이가 잘못된 길을 가지 않을까 하는 불안, 아이를 어떻게 키워내야 할지에 대한 고민은 그래서 더 커진다.

며칠 전에는 내 육아 멘토이자 가장 존경하는 어른인 율이의 어린이집 원장 선생님과 면담을 가졌다. 원장님은 젊은 시절 유치원 교사로 30년간 일했고 나처럼 딸을 키우는 직장맘이다. 만날 때마다 언니처럼, 인생 선배처럼 내 고단한 마음을 어루만져주는 분이다. 원장님은 한 반에 45명의 아이를 가르쳤던 시절의 이야기를 해주었다. 어느 날은 45명의 아이들에게 각자 가진 장점을 칭찬하며 안아줬다고 한다.

"○○이는 웃는 얼굴이 공주같이 예쁘구나."

"○○이는 목소리가 꾀꼬리처럼 아름답네."

원장님은 분명 한 아이도 빼놓지 않고 다 칭찬했다고 생각했는데, 그날 저녁 한 학부모에게 전화를 받았다. 실수로 그 집 아이를 칭찬하지 않았던 것이다. 그 아이는 집에 와서 "선생님은 나만 미워해"라며 엉엉 울었다고 한다.

"교사는 한 번의 실수가 용납되지 않는 직업이죠. 의사와 같다고 생각해요. 한 번의 수술 실패가 누군가의 소중한 목숨을 앗아가는 것처럼 교사가 무심코 저지른 실수가 아이의 인생을 바꿀 수 있어요."

원장님의 이야기를 듣다가 눈물 콧물 흘린 사연은 셀 수 없이 많다. 얼마 전에는 '졸업생 선배님과의 대화'라는 행사가 어린이집에서 열렸다. 초등학교 1학년에 진학한 졸업생과 일곱 살 원생이 만나 대화하는 시간이다. 각을 잡고 반듯이 앉아 경청하는 일곱 살 아이의 진지한 모습에 처음에는 웃음이 났다고 한다.

"선배님, 초등학교에 가면 정말 공부를 많이 하나요?"

"어린이집 다닐 때가 좋은 때예요. 지금 실컷 놀아요."

선생님들은 웃다가 눈물이 났다고 했다. 언제 이렇게 컸나 싶은 것이 기특해서였다. 때때로 육아에 대한 고민이나 막막함의 열쇠를 이렇게 주변 사람들을 통해 얻는다.

지난 주말에 간 수영장에서는 세 자매가 있는 가족을 만났다. 율이는 언니들을 졸졸 따라다녔다. 막상 언니들이 다가와 말을 걸면 부끄러운지 내 뒤로 숨어버렸다. 중학생인 큰언니가 동생들에게 말했다.

"아기는 모르는 사람이 말을 걸면 무서워해. 기다렸다가 먼저 말할 때 대답해주면 돼."

중학생답지 않은 어른스러움에 깜짝 놀랐다. 율이는 그런 큰 언니에게 다가가 "끽끽!" 하며 돌고래 소리를 냈다. 아이들도 율이를 따라 똑같이 "끽끽!" 소리를 내주었다. 나는 율이가 세 자매를 귀찮게 할까 봐 미안해서 몸 둘 바를 몰랐는데 아이들은 한동안 "끽끽!" 소리를 내고 깔깔대며 함께 놀았다. 나중에 만난 세 자매의 어머니에게 "딸들을 어떻게 그렇게 예쁘게 키우셨어요. 정말 훌륭하세요"라며 존경을 표했다.

아이의 눈으로 보는 세상, 눈높이를 낮춰 그 세상을 함께 볼 수 있는 부모가 되고 싶다.

꽃으로도 때리지 말라

배우 김혜자 선생님을 처음 안 건 기억도 나지 않는 아주 오래된 옛날이다. 너무 익숙하고 친숙한 배우였던 선생님을 다시 보게 된 건 우연히 읽은 책 덕분이다. 아이들을 데리고 자주 가던 집 앞 카페에서 김혜자 선생님의 유명한 저서《꽃으로도 때리지 말라》를 읽었다. 카페에 갈 때마다 틈틈이 읽다 보니 다 읽는 데 꽤 오랜 시간이 걸렸다.

《꽃으로도 때리지 말라》는 김혜자 선생님이 일생을 바친 아프리카 난민 어린이 구제활동을 기록한 책이다. 그 내용은 일반 사람이 상상할 수 있는 비극의 지점을 훨씬 뛰어넘는다. 대량

살상을 묘사하는 내용의 끔찍한 장면이 한동안 머릿속을 떠나지 않아 고통스러웠다. 분노하고 오열하면서 밤잠을 이루지 못한 날도 있다.

기억나는 것 중 하나는 10대 소년병들이 아이와 여자들의 손목과 발목을 자르는 장면이다. 손목과 발목이 잘린 몇몇은 불행하게도 무딘 칼날 때문에 떨어져나가지 않은 살덩이를 대롱대롱 매달고 다니다가 바위 같은 곳에 갈아 떼어내기도 했다.

열 살 남짓한 소녀는 눈앞에서 부모의 목이 잘려나가는 것을 보고 자기 부모를 죽인 군인들에게 집단 윤간을 당한다. 그러고는 군인 대장의 첩으로 끌려가 임신과 출산을 반복하는 삶을 산다. 스무 살도 되지 않은 소녀가 아기들에게 줄줄이 젖을 먹인다. 한창 부모의 보살핌 속에 자라야 할 소녀들이 갓난아기에게 마른 젖을 물린 채 배고픔에 쓰러져 있는 모습을 상상하면 숨을 쉴 수 없었다.

소년병들이 살상과 윤간을 거리낌 없이 할 수 있는 건 마약의 힘이다. 강제로 투약당한 마약 때문에 나쁜 짓을 저지르고도 죄의식을 갖지 않는다. 자신이 왜 그런 짓을 하는지 사고할 능력이 없는 것이다. 김혜자 선생님이 인터뷰한 한 소년병 출신의 청년은 "나쁜 짓을 한 건 후회하지만 다시 기회가 온다면 또

군인이 될 것이다. 먹을 것을 주니까"라고 말한다.

무법지대 소말리아에는 생각보다 많은 아이와 여성이 산다. 경찰이나 국가권력이 존재하지 않으므로 자유롭게 길을 걷는 것조차 허락되지 않는다. 김혜자 선생님은 무장 경호원의 보호를 받으며 움직였다고 한다.

이런 땅에 태어난 아이들이라고 희망이 없는 건 아니라고 했다. 난민인 이들에게 가장 큰 행복이자 즐거움은 외부에서 지원되는 빵이나 쌀을 얻을 때다. 빵을 배급받기 위해 길게 줄을 섰다가 배고픔을 이기지 못해 쓰러진 아이를 그의 형이 일으켜 세워 빵을 먹이기도 했다. 더는 나눌 게 없는 듯한 상황에서도 나눔을 실천하는 천사들이다. 그러는 한편에는 더 갖지 못해 불행하다고 느끼는 이들도 있다. 김혜자 선생님은 "전 세계 부자가 나누면 아프리카와 인도, 동남아시아의 굶어 죽는 아이들을 평생 먹일 수 있다"라고 말한다. 세계적인 부호들이 수없이 기부를 한다지만 그럼에도 빈부격차는 점점 공고해지는 추세다. 지금도 계속되는 전쟁으로 여전히 여성과 아이는 희생양이 되고 있다.

인간은 지구를 이루는 여러 종류의 생명체 가운데 하나일 뿐이다. 새와 물고기를 비롯해 수많은 동식물은 자유롭게 국경을 넘나들지만 인간만이 선을 긋고 필요 이상의 것을 강탈하려 애쓴다. 이제는 많은 것을 포기하고 다시 돌아가야 할 때가 아닐까 싶다.

앎

"엄마, 엄마!"

아장아장 불안한 걸음마를 떼던 아기가 해맑은 표정으로 장례식장 안 손님들에게 장난을 쳤다. 그러다 영정 속 엄마 사진을 만지려고 두 팔을 뻗는다. 갑자기 엄마가 없어졌다는 사실을 깨달은 걸까. 아이가 눈물을 터뜨린 순간 나와 남편 역시 눈물 콧물을 쏟다가 텔레비전을 꺼버렸다. 우연히 본 KBS 스페셜 〈앎〉의 장면이다. 나중에 알았지만 〈앎〉은 친한 취재원 보연 씨 남편의 작품이었다.

"딱 15년만 시간을 주세요. 그때까지 버티다 갈 수 있게 해주세요."

지금은 하늘의 별이 된 평범한 엄마들의 이야기 〈앎〉. 보연 씨의 남편은 암 투병 중인 엄마들을 취재하며 체중이 10킬로그램 이상 빠졌다고 한다. 영상으로 보는 것도 이렇게 마음이 아픈데, 직접 지켜봐야 하는 고통은 어땠을까.

내게 두 아이가 없었다면 삶의 존재가치에 대한 의문, 미래에 대한 불안으로 '어차피 한 번은 죽는 인생인데 언제 죽는지가 무슨 상관이야' 싶은 마음으로 남은 삶을 허비했을지도 모른다. 지금은 다르다는 얘기다. 나와 남편의 삶은 이제 우리만의 것이 아니다. 아이들과의 공동 소유다. 우리는 단순히 한 생명을 키워내는 걸 넘어 사회의 온전한 일원으로 자리 잡을 수 있도록 최선을 다해 이끌어야 한다는 책임감을 부여받았다. 아이들은 내가 어떤 말이나 행동을 해도 무조건적으로 지지하고 사랑을 보낸다. 뚱뚱하고 못생겨도, 가난해서 물질적 풍요로움을 주지 못해도 어쨌든 부모는 자녀의 삶에 절대적인 존재니까.

〈앎〉을 보며 생각했다. 내가 내일 당장 죽어서 사라진다면, 두 아이에게 아쉬움이 남지 않을 만큼 열심히 살았다고 말할 수 있을지.

인생을 예술처럼

평소처럼 알람 소리에 눈을 떴다. 순간 몸이 이상하다는 것을 직감했다. 목에 감각이 없는 데다 마음대로 움직일 수가 없었다. 단순히 피로로 인한 묵직함이 아니었다. 지난 몇 주 동안 목 통증이 이어졌던 게 기억났다. 벽을 짚고 겨우 몸을 일으켰다.

'꿈인가.'

꼼짝달싹할 수 없다는 게 믿어지지 않았다. 살면서 처음 느껴보는 공포였다. 남편은 무슨 상황인지 얼떨떨해했다. 비명이 나올 정도로 고통이 몸 구석구석으로 번졌다. 아이 둘을 어떻게 등원시켰는지 기억도 나지 않을 만큼 정신없이 보내고는 곧 바로 병원으로 향했다. 촬영 결과 디스크 문제는 아니었지만 목뼈가 오른쪽으로 심하게 휜 상태였다. 정확한 원인을 알 수 없는 가운데 의사 선생님은 복직 이후 너무 작은 컴퓨터를 사용한 것과 내 키보다 짧은 아기침대에서 장시간 잠을 잔 것이 문제인 듯하다고 이야기해주었다.

다행히 회복은 생각보다 빨랐다. 두 번의 물리치료와 세 번의 침 치료를 받고 일주일 만에 일상생활이 가능할 정도가 되었다. 그러나 우리 가족에게 그 일주일은 몇 년처럼 느껴졌다. 집안일을 못 하다 보니 집 안은 쓰레기장으로 변했고, 아이 둘에 어른 하나의 수발을 들어야 했던 남편은 파김치가 된 듯했다. 그런 남편을 5분마다 불러댔다.

"여보, 목말라!"

"화장실 가고 싶어!"

그러다 작게 한숨 소리를 내는 남편을 보고 참았던 눈물이 쏟아졌다.

"지금 내 기분이 어떤지 알아? 태어나서 처음으로 장애인의 마음이 이해될 정도라고. 옷 하나 직접 벗고 입지도 못하는 게 얼마나 수치심이 드는지 모르지. 죽고 싶은 나한테 어떻게 이럴 수 있어!"

목이 아파 마주 보지도 못한 채 벽을 향해 쏘아붙였다. 눈앞의 미래도 모르는 게 인생이라더니. 자기 몸 하나 제대로 가누지 못해 누군가의 부축을 받아야 일어나 앉을 수 있고, 이를 악물고 출근하는 사람에게 누구 하나 쉬라는 말을 해주지 않았다. 세상을 저주하고 싶었다.

살면서 겪는 대부분의 일이 그렇지만 지나고 보면 별것 아닌 게 많다. "인생은 가까이 보면 비극이지만 멀리서 보면 희극"이라는 말처럼 빨리 지나갔으면 했던 고통도 돌아보면 인생의 역사가 되지 않나. 힘든 시간을 잘 견뎌낸 남편과 아픈 내 등을 토닥여주던 아이의 작은 손에 안도와 고마움을 느꼈다. 만약 내가 아이들과 보낼 수 있는 시간이 6개월이나 일 년뿐이라면 어떨까. 내일 더 나은 엄마가 되겠다는 다짐보다 지금 주어진 상황을 더 열심히 살아야겠다고 마음먹는다. 반짝반짝 빛나던 많은 순간이 얼마나 의미 없이 흘러갔는지 떠올렸다. 그러면서 결혼식 전날 아빠가 쓴 장문의 편지에 적힌 "인생을 예술같이 살아"라는 말이 생각났다.

"내가 범석이를 상면하지 않고 허락한 것은 네 선택을 신뢰한다는 뜻도 있지만 너 스스로의 선택에 대해 모든 책임을 지길 바라는 의미였다. 사랑의 속성은 아낌없이 주는 것이다. 주는 만큼 받는 것은 상거래지 진정한 사랑이 아니다. 왜 상대방에게 서운한 감정을 갖게 될까. 주는 것보다 받는 것이 적다고 생각하기 때문이다. 가장 사랑하는 자식에게 주는 것은 아깝지 않다. 노향아, 부디 자식에게 베푸는 사랑처럼 대가를 바라지 않는 진정한 사랑을 나누길 바란다. 인생의 새로운 출발점에 선 너희 두 사람이 함께 '성공의 길'로 들어서 서로 끌어주고 밀어주며 예술처럼 아름다운 인생을 가꾸어가길 바란다."

인생을 굴곡 없이 사는 건 불가능하다. 예술이라고 해서 모두 아름답기만 한 것도 아니다. 위기를 겪지 않는 예술도, 삶도 없다. 좌충우돌 실수와 실패의 연속이던 지난날을 돌아보면 김노향의 '인생'이라는 작품이 조금씩 다듬어지고 있구나 싶다. 현재에 충실하다 보면 우리 삶이 훗날 아이들의 모델이 될 수도 있겠구나 하고 생각한다.

늘 시간에 쫓기는 일상이지만 그럼에도 의미 있는 일을 해보자며 남편과 새로운 도전을 시작했다. 우리는 최근 우연히 알게 된 '서울청년정책네트워크(청정넷)'에 참여하기로 했다. 청정넷은 청년들이 취업, 주거, 육아 같은 다양한 분야의 정책 대안을 직접 제시하고 실제 정책에 반영시키는 시민활동이다. 우리의 작은 활동이 아이들이 살아갈 세상을 더 좋은 사회로 만들 수 있기를 바라면서 오늘도 최선을 다하자는 마음으로 집을 나선다. 아이를 가져도 죄송하지 않은 사회, 우리가 희망하는 세상이니까.

세상의 진보를 위한 노력: 남편의 이야기

"자기는 나보다 정치에 관심이 많잖아. 율이와 솔이의 미래를 위해서 의미 있는 활동을 해보자"라며 아내가 카톡으로 링크를 보내왔다. '서울청년정책네트워크(청정넷)' 활동에 대한 소개였다. 청년 문제 해결을 위해 시민이 참여하고 정책 대안을 제시하는 플랫폼이다.

청년 문제를 해결하는 데 나 같은 평범한 시민이 어떤 도움을 줄 수 있을지 솔직히 자신이 없었다. 단지 아내가 권하기에 일단은 해보겠다고 답했다. 일자리, 주거, 육아 같은 청년들이 겪는 문제에 조금이나마 기여한다면 앞으로 우리 아이들이 더 좋은 사회에서 살아갈 수 있을 거라는 작은 기대를 품고서 말이다.

샘솟는 열정과 의지를 가지고 지원서를 냈다. 첫 행사에 참석했을 때는 청정넷에 참여하는 청년 시민이 1000명을 넘었다는 말을 듣고 깜짝 놀랐다.

"한국이나 해외 민주주의의 역사를 돌아봐도 사회를 변화시키는 주체는 힘없는 청년들이었습니다."

청정넷 멤버는 기자나 정치인, 시민단체 활동가부터 평범한 시민까지 다양했다. 누군가는 이런 활동이 정말 제도나 사회에 영향을 줄 수 있는지 의문을 갖는다. 나 역시 그렇게 생각했다. 그런데 이제는 누구나 다 아는 청년수당도 청정넷을 통해 만들어진 정책이다. 당장 바뀌지 않더라도 이런 노력이 우리 사회를 발전시켜나가는 데 중요한 힘이 되는 것이다.

청정넷은 한 달에 한 번 내지 두 번 모인다. 주거분과인 나는 멤버들과 청년 임대주택과 높은 집값, 주거 양극화 문제 등을 의논한다. 회의가 있기 전 각자 맡은 자료를 조사해 내용을 정리하고 멤버들과 공유한다. 서로 다양한 의견이 오가는 중에 새로운 아이디어나 정책 대안이 나오기도 한다. 청정넷 회의가 열리는 날에는 아이돌봄서비스도 운영하는데, 율이와 솔이를 데려가도 하루 종일 뛰놀 수 있는 공간과 돌봐주는 선생님이 있어 편하게 회의에 참여할 수 있다.

지금까지 총 두 번의 서울청년시민회의가 열렸다. 매달 분과 모임을 통해 논의된 정책을 하나로 모아 1박 2일간의 서울청년시민회의에서 발표했다. 회의 결과는 전체 100개의 과제로 만들어 예산 편성을 확정하는 절차를 거친다. 내가 팀에 어떤 도움이 되었는지는 모르겠지만 주거분과의 과제가 콘테스트 3위를 차지해 예산을 배정받았다는 결과를 받아들고는 나름 보람을 느끼기도 했다.

청정넷에 참여하는 동안 다양한 사람을 만났다. 우리 중에는 사회적 약자로 분류되는 성소수자나 장애인도 있다. 이들이 정책에 참여함으로써 보다 현실적이고 직접적으로 도움이 되는 제도를 만들 수 있다. 물론 그럼에도 현실은 녹록지 않아 실현되지 못하는 경우가 더 많다. 그래도 우리는 포기하지 않는다. 계속 문을 두드리고 현실에 맞는 정책들을 제시하면서 조금씩 바꿔나가고자 한다. 첫술에 배부를 수는 없겠지만, 이런 움직임이 조금이라도 사회를 움직일 날이 오기를 꿈꾼다.

아이 가져서 죄송합니다

1판 1쇄 찍음 2020년 1월 10일
1판 1쇄 펴냄 2020년 1월 20일

지은이 김노향
펴낸이 천경호
종이 월드페이퍼
제작 (주)아트인
펴낸곳 루아크
출판등록 2015년 11월 10일 제409-2015-000020호
주소 10083 경기도 김포시 김포한강2로 208, 410-1301
전화 031.998.6872
팩스 031.5171.3557
이메일 ruachbook@hanmail.net

ISBN 979-11-88296-36-1 03810

이 도서의 국립중앙도서관 출판예정도서목록(CIP)은 서지정보유통지원시스템 홈페이지
(http://seoji.nl.go.kr)와 국가자료공동목록시스템(http://www.nl.go.kr/kolisnet)에서
이용하실 수 있습니다(CIP제어번호: CIP2019053662).